Uwe Goeritz

Liebe hinter Klostermauern

Bibliografische Information der Deutschen Nationalbibliothek:

Die Deutsche Nationalbibliothek verzeichnet diese Publikation in der Deutschen Nationalbibliografie; detaillierte bibliografische Daten sind im Internet über http://dnb.dnb.de abrufbar.

Coverfoto: Marion Jana Goeritz

Herstellung und Verlag: BoD – Books on Demand, Norderstedt

ISBN: 978-3-7448-8973-5

Inhaltsverzeichnis

Liebe hinter Klostermauern

Ein Leben wie im Kloster? Wollte sie das wirklich? Das fragt sich Karla, die Heldin dieser Geschichte, als sie auf Drängen ihrer Eltern in eine Hauswirtschaftsschule gehen muss, die sich in einem Kloster befindet. Doch dort lernt sie Rebecca kennen und verliebt sich in die gleichaltrige Frau.

Kann das gut gehen oder verstößt sie damit zu sehr gegen die Konventionen des Klosters und der Welt? Bleibt sie alleine zurück oder findet sie doch noch ihr Glück?

Sämtliche Figuren, Firmen und Ereignisse dieser Erzählung sind frei erfunden. Jede Ähnlichkeit mit echten Personen, ob lebend oder tot, ist rein zufällig und vom Autor nicht beabsichtigt.

1. Kapitel

Ein neuer Anfang

Karla schaute im Taxi nur nach vorn und drehte sich nicht noch mal zu den Eltern um, die sicher immer noch winkend hinter ihr am Straßenrand vor dem kleinen Haus standen. Gerade erst war sie siebzehn geworden und da hatten die Beiden beschlossen, die Tochter nach dem sozialen Jahr auf eine Hauswirtschaftsschule zu schicken. Sie war gar nicht gefragt worden, sondern der Vater hatte das einfach so festgelegt. Karla fühlte sich wie im Mittelalter und nicht wie im 21. Jahrhundert. Wer geht denn heutzutage noch auf eine Hauswirtschaftsschule?

Sie wollte irgendwas Modernes machen. Im Büro arbeiten, Schreibmaschine schreiben lernen, oder in irgendeinem Laden als Verkäuferin arbeiten. Vielleicht was mit Mode machen. Das hatte ihr im Fernsehen immer so gefallen. Das hätte sie sich gut vorstellen können. Aber das hier? Kochen, backen und bügeln? Nur weil die Mutter das früher auch gelernt hatte und sie der Meinung gewesen war, das ihr das nicht geschadet hatte, musste nun Karla für ein Jahr ins Internat?

Alles Bitten und alle Tränen hatten keinen Erfolg gehabt und zu allem Überdruss hatte die Mutter ihr noch zwei Zöpfe in die langen schwarzen Haare geflochten, so dass sie nun eher wie zwölf aussah. Sie kramte ihren Schminkspiegel aus der Tasche und betrachtete das furchtbare Machwerk der Flechtkunst ihrer Mutter. Viel hatte nicht mehr gefehlt und die Frau hätte ihr bunte Schleifen in das Haar gemacht. Sie zog eine Bürste aus der Tasche und begann die Zöpfe zu öffnen. Mit einer Hand und dem kleinen runden Spiegel ging das aber nur schlecht und so sah sie sich nach einem besseren Spiegelbild um.

Im Rückspiegel des Taxis fand sie schließlich etwas, was ihr half, ihre Mähne wieder zu bändigen. Vollkommen in ihr Tun vertieft, bemerkte sie nicht die Blicke des Fahrers, der sie schmunzelnd beobachtete. Der Mann war sicher doppelt so alt wie sie und achtete nun mehr auf sie, als auf die Straße. Als er abrupt bremsen musste, weil ein Fahrradfahrer vor ihm über die Straße fuhr, flog ihre Bürste nach vorn und hätte ihn fast am Kopf getroffen. Der Mann entschuldigte sich schnell, obwohl das wohl eher ihr Part gewesen wäre. Dann angelte er die Haarbürste vom Armaturenbrett, gab sie wieder nach hinten und fuhr schnell an. Nun trafen sich ihre Augen im Spiegel und sie schlug die Lieder nieder, beobachtete ihn aber durch die Wimpern weiter. Er gefiel ihr, aber sie hatte auch den Ring an seiner Hand bemerkt, die auf dem Lenkrad lag.

„Ist das schon Flirten?" fragte sie sich in Gedanken und bürstete weiter ihr Haar. Immer weiter überlegte sie und machte versonnen mit ihrer Haarbändigung weiter. Während die Freundinnen zur Disco gehen durften, war sie immer nur zu Hause geblieben und sie war nicht nur im Sternbild eine Jungfrau. Das Taxi fuhr vor dem Bahnhof vor und hielt auf dem Platz. Sie steckte die Bürste weg und holte den zehn Euro Schein heraus. Der Mann nickte, bedankte sich für das Trinkgeld und holte ihre Tasche aus dem Kofferraum heraus. Dann hielt er ihr noch die Tür auf und schon war er auch wieder weg.

Es war Sonnabendvormittag und trotzdem, oder gerade deshalb, war auf dem Bahnhof ein ganz schönes Gewimmel von Menschen. Alle eilten irgendwohin, erwarteten jemanden, oder verabschiedeten sich von einem lieben Menschen. Nur sie war hier irgendwie alleine und verloren. Aber im nächsten Moment dachte sie daran, wie das wohl gewesen wäre, wenn die Eltern sie hier verabschiedet hätten.

Nun suchte sie sich ihren Zug. Sie sah auf die große Anzeigetafel und hatte das Gleis auch schon gefunden. Karla stieg die große Treppe zum Bahnsteig empor. Die Fahrkarte hatte der Vater ihr schon am Vortag geholt. Anscheinend hielt er sie nicht mal dazu für fähig, eine Karte zu kaufen. Wenig später saß sie im Zug und holte das Buch aus der Tasche, das sie auf der langen Fahrt lesen wollte. Der Zug fuhr an und sie schaute in das Buch. Kaum hatte sie es aufgeschlagen, klappte sie es auch schon wieder zu. Karla sah sich in dem leeren Abteil um und dachte „Frei! Ich bin frei!" sie war der Enge der elterlichen Wohnung entkommen und auf dem Weg in das Internat. Am liebsten wäre sie jetzt herum gehüpft. So hatte sie das bis gerade eben noch gar nicht gesehen. Nun freute sie sich.

Sie malte es sich schon schön aus. Jungs, Disco, Schminktipps von Freundinnen und keinen Vater, der ihr in alles rein redete. Keine Mutter, die ihr vorschrieb, was sie zu tragen hatte und die jeden Tag ihre Unterwäsche kontrollierte. Ein junges Pärchen betrat das Abteil und setzte sich ihr gegenüber auf die Bank. Händchen haltend und tief in ihren Blicken versunken beachteten die Beiden Karla gar nicht. Es gab nur die Beiden auf der Welt und sonst niemanden. „Schön." dachte Karla und versuchte die andere Frau nicht allzu sehr anzustarren, aber die waren sowieso mit sich selbst beschäftigt und weit weg. Als die Beiden begannen sich zu Küssen schaute Karla verlegen zum Fenster hinaus und ließ ihren Blick zu den Bergen wandern, die weit voraus das Ziel ihrer Reise waren. Im Spiegelbild des Fensters sah sie die Frau.

Das Pärchen verschwand wenig später aus dem Abteil und sie sah den Beiden kurz hinterher. Wie glücklich sie aussahen. Vielleicht so wie sie selbst, jetzt wo sie aufgebrochen war, in ein neues Leben. Es war so, als würde ihr Leben gerade jetzt erst so richtig beginnen. Es dauerte eine ganze Weile, bis die Beiden wieder zurück kamen und ihr schien es so, als ob die Frau nun noch mehr strahlte, als vor ein paar Minuten. Mit ein paar kontrollierten Griffen richtete die Frau ihre Sachen, dann versanken sie in einem erneuten Kuss. Wieder sah Karla zum Fenster hinaus, gleichzeitig beobachtete sie das Pärchen weiter. Die Berge kamen immer näher und nun konnte sie es gar nicht mehr erwarten, bis sie am Ziel angekommen sein würde.

Jungs und Küsse würden nun sicher folgen. Sie beneidete die andere Frau etwas um deren Freund.

Schließlich fuhr der Zug in die Endstation ein. Eine etwas größere Stadt mit einem Berg dahinter, auf dem sogar ein kleiner Turm zu sehen war. Das Pärchen verließ das Abteil, Hand in Hand, und auch Karla ergriff die Tasche und ging durch die offene Wagentür nach draußen auf den Bahnsteig.

Der Duft der Freiheit lag in der Luft, in diesem Falle roch es nach Bratwurst vom Grill, der vor sich hin dampfend auf dem Bahnhofsvorplatz stand.

2. Kapitel

Drei Neue

Am Laternenpfahl auf dem Vorplatz des Bahnhofes hing ein buntes Plakat „Disco am Sonnabend. Von 20:00 bis 03:00 Uhr" stand darauf und Karla schien es wie die Verheißung des Paradieses zu sein. Endlich konnte sie unbeobachtet aus dem Haus gehen und früh wieder zurückkommen. Sie zog den Zettel mit der Adresse aus der Tasche und schaute sich nach einem Taxi um. Es gab nur eines auf dem Platz, und das fuhr soeben ab.

Da es gerade Mittag geworden war drehte sie sich zu dem Bratwurststand um und holte sich eine Currywurst. An einem kleinen Stehtisch ließ sie es sich schmecken und schaute auf die Sonne hinauf, die für einen Tag Anfang September noch ganz schön heiß auf sie herunter brannte. Vielleicht gab es hier ja auch irgendwo ein Freibad oder einen kleinen Teich, wo man ungestört baden konnte. Als sie mit ihrer Mahlzeit fertig war drehte sie sich zum Taxistand um, da war aber immer noch kein Taxi aufgefahren. Anscheinend gab es hier nur das eine.

Karla ging hinüber, setzte sich auf die Bank an dem Halteplatz der Taxis, und wartete auf das nächste Fahrzeug, das sie sicher zu ihrem Ziel bringen würde. Das kam aber erst eine halbe Stunde später. Sie stieg ein und nannte die Adresse. Der Fahrer, ein älterer Mann, so um die Sechzig, nickte. Er startete den Motor und das Fahrzeug fuhr an. Der Mann jagte fast durch die Straßen und so konnte sie nicht viel von den Häusern und Läden erkennen. Sie verließen den Ort und bogen in eine Straße ein, die den Berg hinauf führte.

Der kleine Weg war von Bäumen gesäumt und höchstens so breit, dass ein Auto gerade so fahren konnte. Links und rechts sausten grüne Büsche an den Fenstern vorbei und wenn sie das Fenster aufgemacht hätten, so hätte sie sicher das eine oder andere Blatt abreißen können, ohne hinaus fassen zu müssen. Auf der Hälfte zwischen Tal und Gipfel hielt das Auto auf einem Parkplatz vor einem dunklen Gebäude an. Sie zahlte und stieg aus.

Der Ort war weit unter ihr. Nach der Disco würde sie damit sicher mit dem Taxi hier herauf fahren müssen. Sie drehte sich zu dem Gebäude um und sah es sich genau an. So hatte sie sich ein

Internat nicht vorgestellt. Eine hohe Mauer umschloss das Gebäude und eine kleine Kapelle war auch dahinter zu sehen. Das Ganze sah eher wie ein Kloster aus. Karla ging zum Tor und klingelte. Es dauerte eine Weile, bis die Tür sich öffnete und eine Nonne erschien. „Oh Entschuldigung. Da muss ich mich wohl vertan haben." sagte Karla und wollte sich gerade wieder zur Straße wenden, um noch einmal nach ihrem Ziel zu suchen, doch die Nonne fragte „Zum Internat?" und Karla nickte. Die ältere Frau gab den Weg frei und forderte die junge Frau mit einer Handbewegung zum Eintreten auf.

Hinter Karla schloss sich das schwere Tor. „Das konnte doch nicht wahr sein! Ein Kloster?" fragte sie sich im Gedanken. „Von einem Gefängnis in das Nächste." dachte sie weiter und damit zerschlugen sich die Aussichten auf Jungs, Küsse und die Disco. Die Nonne ging vor ihr her. Sie mochte etwa fünfzig Jahre alt sein, aber genau konnte man das nicht abschätzen, da sie eine Haube auf dem Kopf trug. Sie erklärte Karla, wo der Speiseraum und das Lehrgebäude waren und dann betraten sie das Wohnheim. Das war früher sicher mal der Wohnbereich der Nonnen gewesen und genau so sah er auch noch aus. Es roch sogar noch so, wie man sich das für ein Kloster so vorstellte.

Das Haus hatte drei Etagen und eine breite, dunkle Treppe führte von Etage zu Etage. Das Einzige, das sich hier in den letzten fünfhundert Jahren geändert hatte, war die Farbe an den Wänden. Es war ruhig in den Fluren. Entweder waren die Wände hier so dick, dass kein Geräusch auf den Gang hinaus drang, oder sie war die Erste hier.

Ganz oben unter dem Dach war auch Karlas Zimmer. Drei Betten, drei Schränke, drei Stühle ein Tisch. Zumindest die Freundinnen würde sie hier finden. Vielleicht zumindest. Offensichtlich war sie die Erste in dem Zimmer und so konnte sie sich Schrank und Bett wählen. Sie legte die Tasche auf das Bett am Fenster und die Nonne verließ das Zimmer wieder. Nun war sie alleine. Sie sah sich um. Dusche und Toilette waren auf dem Flur. Da war sie gerade daran vorbei gegangen. Das Zimmer war hell durch das große Fenster und ihr Bett lag an der Wand mit dem Kopfende zum Fenster zu. So würde sie wenigstens von der Morgensonne nicht geweckt werden.

Gerade hatte sie das Bett bezogen und ihre Tasche zur Hälfte ausgepackt, als die Nonne mit einer rothaarigen, jungen Frau herein kam. Die Andere nahm das zweite Bett und nachdem die

Nonne gegangen war, kam sie auf Karla zu und sagte „Ich bin Rebecca." „Karla." antwortete sie und sie gaben sich die Hand. Dann packten sie, nun zusammen, ihre Taschen aus. Als sie später am Tisch saßen, kam die Nonne mit ihrer dritten Mitbewohnerin herein. Eine blonde Frau, die genauso alt war wie sie. Sie kam zum Tisch und stellte sich mit Carmen vor.

Wenig später tauchte die Nonne wieder auf und brachte eine Mappe. Mit den Worten „Das ist die Hausordnung." legte sie den dicken Ordner auf den Tisch. Dann verschwand die Frau mit den Worten „Abendbrot ist um sechs." wieder aus dem Zimmer und ließ die drei Frauen mit dem dicken Stapel von gehefteten, vergilbten Blättern zurück. Rebecca schlug die Mappe auf und begann zu lesen. „Das ist doch wohl nicht den ihr Ernst!" begann sie „Um acht wird am Abend das Tor verschlossen und wer nicht da ist, der bleibt draußen!" „Steht da eine Jahreszahl drunter? So etwas mit 1420? Oder so?" fragte Carmen, doch Rebecca schüttelte den Kopf.

„Die keuche Jungfer hat bei Einbruch der Dämmerung ihre Kemenate zu beziehen und dem lieben Gott für ihr Tagwerk zu danken." sagte Rebecca, so als ob sie es aus der Mappe vorlaß.

„Steht das da wirklich so drin?" fragte Karla erschrocken und Rebecca antwortete „Den Absatz haben sie im letzten Jahr gestrichen." Sie klappte die Mappe geräuschvoll zu und legte sie zur Seite. „Das kann ja heiter werden!" beendete Rebecca das Studium der Hausordnung.

3. Kapitel

Freundinnen

Nach dem Abendessen saßen sie wieder zusammen in dem Zimmer. „Und womit hast du dir das Anrecht auf dieses Abenteuer hier erworben?" fragte Rebecca Karla und die schaute die andere Frau nur fragend an „Na ja." machte sie weiter „Ich wollte mit meinem Freund durchbrennen und da hat mich mein Vater hier für ein Jahr in die Verbannung geschickt." setzte Rebecca nach und schaute die andere immer noch wartend an. „Ich habe einfach nicht aufgepasst, wo dieses Internat ist." antwortete Karla resignierend.

Rebecca stützte den Kopf in die Hände und die Ellenbogen auf die Tischplatte „Sonnabendabend. Und nichts los!" sagte sie mit einem seufzen. Carmen sagte „Unten ist ein Fernsehraum." Doch die beiden anderen wollten nicht mit dahin, und so ging sie alleine. Karla sah der Anderen nach, bis die Tür geschlossen war und Rebecca setzte dazu „Mit dreißig anderen Fernsehen. Das ist wie Kino, nur viel schlimmer." „Und heute ist unten im Dorf Disco." sagte Karla seufzend, die an das Plakat vor dem Bahnhof dachte.

„Und nun?" fragte Karla und sah zum Fenster hinaus. Ein kleiner Zipfel des Dorfes war im Tal zu sehen. So nah und doch so unerreichbar fern. Rebecca holte ein kleines Radio aus ihrem Schrank und schaltete es ein. „Tanzen wir!" rief sie und zog Karla auf die freie Fläche zwischen Tisch und Zimmertür. „Jetzt machen wir hier Disco." sagte Rebecca lachend und schon wirbelten sie zur lauten Musik durch den Raum.

Da alle anderen unten beim Fernsehen waren, störte sich niemand an der lauten Musik und die Beiden tanzten und lachten in ihrem Zimmer, bis sie nicht mehr konnten und wieder auf den Stuhl zurück fielen. Karla war froh, dass sie nun solch eine lebenslustige Freundin bekommen hatte, von der sie sicher noch einiges lernen konnte.

Als Carmen vom Fernsehen zurückkam, saßen die Beiden schon in Karlas Bett. „Wenn das so weiter geht, dann drehe ich hier noch durch. Nur drei Sender!" stöhnte Carmen und die beiden anderen luden sie mit einer Handbewegung zum Sitzen auf dem Bett ein. Nebeneinander sitzend erzählten sie sich kleine Geschichten, um sich gegenseitig besser kennen zu lernen. Irgendwie kam sich Karla wie ein unbeschriebenes Blatt vor. Rebecca hatte schon fünf feste Freunde gehabt, Carmen zwei und sie? Ihre Erfahrungen beschränkten sich auf einen Kuss auf die Wange, den sie im Kindergarten erhalten hatte.

Irgendwann saßen sie dann im Nachthemd und Rebecca in einem kurzen Schlafanzug dort und draußen war es schon lange dunkel. Sicher ging es schon auf Mitternacht zu, doch auf die Uhr wollte keine von den Dreien im Moment schauen. Erst als Carmen müde wurde, drehten sie das Licht im Zimmer ab, Rebecca und Karla erzählten flüsternd in der Dunkelheit weiter, während die Freundin schon in ihrem Bett schlief.

Die Morgensonne weckte Karla und sie sah das rote Haar der Freundin direkt vor sich. Sie waren wohl im Bett beim Erzählen eingeschlafen und lagen immer noch so hintereinander zusammengekuschelt da. Rebeccas Schlafanzugjacke war hochgerutscht und Karlas Hand lag auf dem nackten Bauch der Freundin. Bei dem Versuch die Hand wegzuziehen weckte sie Rebecca auf, die sich zu ihr umdrehte und „Guten Morgen." sagte. Karla nickte und versuchte aufzustehen, was aber nicht ging, da sie mit dem Rücken zur Wand lag und die Freundin direkt vor ihr. Also musste sie einfach noch etwas liegen bleiben.

Sie stützte den Kopf in die Hand und schaute Rebecca von der Seite aus an. Die kleinen Sommersprossen sah sie erst jetzt im Lichte der neuen Sonne. Warum hatte sie die nicht schon am Abend zuvor bemerkt? Endlich gelang es ihr, sich hinter ihr hervor zu bewegen und mit den Worten „Ich gehe erst mal duschen." holte sie ihr Handtuch aus dem Schrank, hängte es sich über die Schulter und verließ dann das Zimmer.

Die Dusche war genau gegenüber, auf der anderen Seite des Flures. Als sie die Tür öffnete, bemerkte sie erst die Schlichtheit des Raumes. Das war ihr am Tag zuvor nicht aufgefallen. Fünf Duschen nebeneinander. Ein Spiegel, Waschbecken und sonst nichts. Eine typische Gemeinschaftsdusche eben. Sie legte Nachthemd und Handtuch auf das Waschbecken vor dem Spiegel ab und ging unter die Dusche. Eigentlich war das so gar nicht ihr Ding. Selbst im Sport, in der Schule, hatte sie sich immer alleine umgezogen und dort hatte es auch Einzelduschen mit Kabinen gegeben. Da war sie immer vor den Blicken der anderen Mädchen verborgen gewesen. Aber hier? Zum Glück war sie im Moment alleine. Irgendwie schämte sie sich für ihren Körper, der war ihr, für ihre Ansichten, zu jungenhaft.

Das warme Wasser lief über ihren Körper und plötzlich öffnete sich die Tür hinter ihr. Karla zuckte zusammen und schaute sich erschrocken um. Rebecca kam, nur das Handtuch über die Schulter gehängt, herein. Den Schlafanzug hatte sie sicher im Zimmer gelassen und nachdem sie das Handtuch abgelegt hatte ging sie zu der Dusche direkt neben Karla. Aus dem Augenwinkel heraus schaute sie zu Rebecca hinüber und sah den perfekten Körper der Freundin. So wie ein Model aus der Zeitung sah diese aus und Karla schämte sich noch mehr für ihren Körper. Ein bisschen zu viel am Bauch und an den Oberschenkeln. Viel zu wenig Brust.

Sie drehte das Wasser ab und sah zu ihr hinüber „Wie machst du das nur?" fragte sie und Rebecca drehte auch ihr Wasser ab. „Was meinst du?" fragte sie und Karla zeigte auf ihren Körper und dann auf den der Freundin „Ich kann essen was ich will, ich nehme nicht zu." erklärte Rebecca. „Bei mir ist das anders rum. Ich kann essen was ich will, ich nehme nicht ab." entgegnete Karla frustriert. „Ich habe da gestern einen Fitnessraum gesehen, da könnten wir etwas trainieren, wenn du Lust hast." erwiderte Rebecca „Du weißt schon: Bauch, Beine, Po." dabei schlug sie der Freundin mit der flachen Hand auf den nackten Hintern, dass es klatschte. Karla nickte und sie trockneten sich beide ab.

Während sich Karla in das große Duschtuch schlang, ging Rebecca, so nackt wie sie gekommen war, vor ihr in das Zimmer hinüber. Ihr Körperbewusstsein sorgte dafür, dass sie sich in ihrer Haut wohl fühlte. Etwas, was Karla noch fehlte.

Nach dem Frühstück waren sie dann zu Dritt in den Raum gegangen. Es gab aber nur wenige Geräte. Rebecca kannte alle möglichen Übungen und bis zum Mittag waren sie schon so ins Schwitzen gekommen, dass sie wieder duschen mussten. Sonntags und Sport. Das war eine Kombination, die Karla so bisher noch nicht kennen gelernt hatte, aber wenn es half, warum nicht? Am nächsten Tag würde die Schule beginnen und sie waren schon alle darauf gespannt, was sie hier wohl so alles lernen würden und vor allem, von wem.

4. Kapitel

Schwester Barbara

Montagmorgen. Pünktlich um acht Uhr in der Früh saßen die dreißig Mädchen und jungen Frauen in dem großen Saal im Erdgeschoß. Alle warteten, was wohl heute so passieren würde. Eine ältere Frau und fünf Nonnen betraten den Raum und die Nonnen setzten sich in die erste Reihe. Die ältere Frau, sie mochte etwa fünfzig sein, wirkte durch ihr Auftreten und die Kleidung, die sie trug, nur noch viel älter. Es war ein graues, knielanges Kostüm, die Haare hatte sie zu einem Dutt hochgesteckt.

Sie begann „Mein Name ist Frau Schmidt. Im nächsten Jahr werden sie hier alles lernen, was sie für einen Haushalt brauchen." Dann stellte sie die Nonnen vor. Drei von ihnen würden jeweils zehn der Frauen begleiten, die anderen beiden, eine davon war die Nonne, die Karla begrüßt hatte, waren für die Verwaltung zuständig. Schon nach etwa einer viertel Stunde zerstreuten sich alle, um sich kurz darauf in drei Klassenräumen wieder einzufinden.

Karla wartete schon gespannt, wer nun wohl zu ihnen kommen würde, das hatte die Direktorin nicht gesagt. Vermutlich um die Spannung aufrecht zu erhalten. Oder einfach nur aus Vergesslichkeit. Als sich nun die Tür öffnete, kam die jüngste Nonne von den fünfen zu ihnen in den Raum. Sie war höchstens fünf Jahre älter als Karla und die anderen Mitschülerinnen. „Mein Name ist Barbara. Bei mir werdet ihr kochen, backen, braten, bügeln, putzen, stopfen, häkeln und stricken lernen. Und sicher noch so einiges mehr. Wenn irgendetwas sein sollte, so könnt ihr jederzeit auch an meine Tür klopfen. Die ist hier gegenüber und es steht Schwester Barbara daran." sagte sie mit einem schelmischen Lächeln.

Nun stellten sich die Schülerinnen eine nach der anderen vor und auch Karla war an der Reihe. Sie fand die junge Nonne ganz sympathisch, aber der Lehrplan machte ihr irgendwie Angst. Kochen, backen und braten ging ja noch. Aber der Rest? Vermutlich hatte Barbara dies auch gemerkt, denn sie setzte danach fort „Das sauber machen werdet ihr höchstens dann mal brauchen, wenn wir die Küche nach dem Kochen aufräumen müssen." Damit führte sie die Frauen in eine modern eingerichtete und riesengroße Küche, die Karla in solch einem alten Gemäuer nie erwartet hätte.

„Und los geht es." begann Barbara und holte eine Topf heraus. „Als erstes werden wir einen Liter Wasser heiß machen." Auf die ungläubigen Augen der Mädchen hin setzte sie dazu „Ich habe hier schon welche gesehen, die damit überfordert waren." Wenig später begann das Wasser zu kochen und Barbara setzte hinzu „Wenn jemand von euch mal hier was kochen will, so kann er es auf die Liste setzen und wir besorgen dann die Zutaten. Wenn es geht, können wir das zusammen machen. Fragt mich einfach." Dann zeigte sie auf einen großen, noch leeren, Zettel an der Kühlschranktür.

Den Rest des Tages werkelten sie in der großen Küche umher und allen machte es großen Spaß, allerdings mussten sie dann natürlich auch zum Schluss die Küche wieder sauber machen. Die letzten beiden waren Karla und Barbara, die noch schnell den Müll zusammen packten und dann gemeinsam nach draußen brachten.

„Na? Wie gefällt es dir?" fragte die Lehrerin und Karla antwortet „Gut. Lernen wir hier auch das kalorienbewusste Kochen?" dabei klopfte sie auf ihr kleines Bäuchlein und Barbara lachte. „Na klar. Da komme ich gern auf dich zu." antwortete die Nonne und hielt ihr die Mülltonne auf. Gemeinsam gingen sie auch wieder zurück in das Haus. Das würde sicher Spaß machen mit Barbara, erhoffte sich Karla. Wenn es sich nicht ändern würde, würde das schön.

Von Tag zu Tag lernten sie nun mehr und Karla konnte sich gar nicht vorstellen, dass man da ein ganzes Jahr dafür brauchen würde. Irgendwann war Freitagmittag und die erste Schulwoche rum. Mit allem war sie zu der Nonne gegangen, allerdings gab es auch Dinge, die sie Barbara nicht fragen brauchte. Dafür hatte sie ja auch Rebecca. Für Schminktipps und so hatte diese immer ein offenes Ohr für Karla.

Sogar für Jungsthemen hatte Rebecca Zeit und Interesse. Karla konnte sich noch erinnern, wie der Vater ihr über Bienen und Blumen erklärt hatte, wie Menschen gemacht werden. Irgendwie war ihnen beiden dieses Gespräch peinlich gewesen und Karla hatte dann später aus einem Buch gelernt, was es zu lernen gab. Mit roten Ohren hatte sie das Buch verschlungen und konnte sich einiges davon nicht so richtig vorstellen. Nur wen fragen? Den Vater? Lieber hätte sie sich die Zunge abgebissen, als ihn nach Positionen beim Sex zu fragen und eine Antwort hätte sie sicher auch nicht von ihm bekommen. Nun hatte sie mit der Freundin praktisch eine Expertin an ihrer Seite.

Die Freundschaft zwischen Rebecca und Karla wurde immer fester und die beiden jungen Frauen verbrachten praktisch jede freie Minute miteinander. Im Fitnessraum oder auf der Wiese vor dem Wohngebäude. Manchmal sah es etwas komisch aus, dass zwei junge Frauen im Bikini in der Sonne vor einem Kloster auf der Wiese lagen, aber was sollte es. Sie mussten eben das Beste daraus machen.

Zum Glück war das Wetter schön und abends war es noch lange hell, so dass sie nicht nur auf das Zimmer angewiesen waren. Und in den Fernsehraum gehen, so wie Carmen es fast jeden Abend machte, dazu hatten sie Beide keine Lust. Lieber erzählten sie sich etwas. Meist erzählte Rebecca und Karla hörte mit roten Ohren zu, wenn die Freundin über ihre Eskapaden erzählte.

Nur dass sie so weit vom Ort weg waren, machte den beiden Frauen zu schaffen. Einmal in der Woche konnten sie mit Barbara in den Ort zum Einkaufen hinunter fahren, aber da waren sie nur etwas mehr als zwei Stunden und das reichte nur für das Nötigste und nicht wirklich zum Shopping unter Frauen. Vielleicht würden sie mit der Zeit Barbara dazu überreden können, etwas früher loszufahren. Einkaufen als Lehrfach. Das klang gut. Aber würden sie das dann auch gegenüber Frau Schmidt irgendwie geltend machen können?

Doch darüber konnten sie sich Gedanken machen, wenn es dann mal soweit war. Der kleine Bus fasste immer nur acht Schülerinnen und Schwester Barbara saß am Lenkrad. Singend oder pfeifend fuhr sie die Straße hinunter. Irgendwie passte das nicht zu einer Nonne, aber allen gefiel ihre lockere Art.

5. Kapitel

Erste Erfahrungen

Die erste Woche war um und es war wieder Sonnabend geworden. Als Karla vor dem Schrank stand und ihre Sachen zusammenlegte, kam Rebecca gerade vorbei und warf einen prüfenden Blick in den Schrank. Sie stockte und fragte „Was ist das denn?" dann zog sie einen der Schlüpfer aus dem Stapel und hielt ihn hoch. „Der ist warm und bequem!" entgegnete Karla und die Freundin schüttelte den Kopf „Der Spruch hätte auch von meiner Oma kommen können." warf Rebecca ein.

Sie trat an ihren Schrank und zog einen ihrer Slips heraus und hielt die beiden Unterwäschestücke nebeneinander hoch. Der Slip war sicher nur mit der Hälfte des Stoffes entstanden, aus dem Karlas Baumwollschlüpfer bestand. „Wir haben beide dieselbe Größe. Ich gebe dir was von mir ab." ergänzte Rebecca und reichte der Freundin etwas von ihrer Unterwäsche. „In der nächsten Woche können wir ja auch was für dich einkaufen gehen." setzte sie dazu und Karla bedankte sich. Dann ging sie zur Dusche hinüber und probierte die Unterwäsche der Freundin an. Sich direkt vor ihr umzuziehen traute sie sich immer noch nicht. Duschen ja, einfach so nackt sein? Nein! Sie schlüpfte in die Unterwäsche und kam sich irgendwie wie verkleidet vor, aber im Spiegel sah das wirklich gut aus. Kein Vergleich zu dem, was sie bis jetzt getragen hatte.

Karla dachte daran, dass sie die Freundin eigentlich noch nie in Unterwäsche gesehen hatte. Entweder war sie nackt oder vollständig angezogen. Irgendwie war das schon komisch. In der Unterwäsche ging sie zurück und Rebecca hob nur anerkennend den Daumen, als sie wieder in das Zimmer kam. „Was machen wir heute?" fragte Karla „Wieder tanzen?" und schaute Rebecca fragend an. Die zuckte nur mit den Achseln und überlegte, doch ihr fiel nichts ein, was sie hier auf dem Berg am Wochenende machen konnten.

„Wir könnten ja mal auf den Aussichtsturm klettern." schlug Carmen vor und da sie ja sowieso nicht wussten, was sie tun sollten, begannen sie mit dem Aufstieg über einen kleinen Waldweg zum Gipfel des Bergs. „Da könnte man mal hinauf joggen." schlug Rebecca vor und Karla schnappte schon vom Spazierengehen nach Luft. Die Freundin war wirklich fit und sie wollte das irgendwann auch mal erreichen. Aber nach einer Woche Training, wo sie doch im Prinzip erst drei Mal geübt hatte, war das noch viel zu früh.

Sie hatte keinen Blick für die Bäume und Büsche und auch nicht für den blauen Himmel über ihnen. Schnaufend tapste Karla hinter den beiden Freundinnen her. Irgendwie verfluchte sie diese Idee, aber nun, so auf halben Wege, konnte sie auch schlecht zurückgehen. Jetzt musste sie einfach da durch! Sie drehte sich dennoch kurz um und schaute auf das zwischen Bäumen liegende Kloster zurück. Es war schon richtig klein unter ihr.

Nach einer halben Stunde standen sie unten am Fuße des Aussichtsturmes und daran war eine Tafel angebracht „Noch 200 Stufen bis zur Plattform." Karla klappte fast der Unterkiefer herunter. Musste das wirklich sein? „Kann ich hier auf euch warten?" fragte sie, nach Luft ringend. Doch die beiden Freundinnen waren schon ein paar Stufen hinauf gestiegen und Rebecca machte eine einladende Handbewegung, also wollte sie sie nicht länger warten lassen. Darum ging sie hinterher. Oben angekommen taten ihr die Oberschenkel von den Treppen weh und sie dachte daran, dass sie ja auch wieder hinunter musste.

Vermutlich machte sie kein sehr glückliches Gesicht, als sie oben ankam, so dass sie Rebecca tröstend in den Arm nehmen musste.

Der Rückweg war noch viel schlimmer, als der Aufstieg. Jetzt ging es auf die Unterschenkel. Als sie wieder in ihrem Zimmer waren, fiel Karla fast sofort in ihr Bett und konnte sich dann nur schwer wieder aufraffen, um wenigstens das Nachthemd noch über zu ziehen. Noch am hellen Tag schlief sie auch schon ein. Der lange Auf- und Abstieg steckte ihr noch in den Knochen.

Mitten in der Nacht wurde sie wieder wach. Der Mond schien in ihr Zimmer und sie hörte Rebecca neben sich schwer Atmen. Carmen schnarchte in ihrem Bett. Was war mit der Freundin los? Sie dreht sich zu ihr um und sah den sich bewegenden roten Haarschopf im Licht des Mondes leuchtend. Die Bettdecke bewegte sich ebenfalls und Karla fragte sich, ob die Freundin da gerade wirklich das machte, was sie annahm, dass sie es tat. Wieder dachte sie an das Buch.

Der Kopf der Freundin war nur wenige Zentimeter von ihrem entfernt und sie flüsterte „Rebecca." Ein paar Sekunden lang wurde das Atmen immer schneller, dann folgte nur noch ein erlösender Seufzer als Antwort zu ihr. Die Freundin dreht ihren Kopf zu Karla und sie sahen sich an. Trotz der Dunkelheit konnte Karla das Leuchten in Rebeccas Augen sehen. Wenige Augenblicke später wechselte Rebecca zu ihr herüber. Karla sah, dass die Freundin nur ihre Schlafanzugjacke anhatte, die nur bis auf ihren Oberschenkel fiel, die nackten Beine leuchteten im Mondlicht. Dann schlüpfte sie unter Karlas Decke. Aneinander gekuschelt blieben sie so liegen.

„Hast du schon mal?" fragte Rebecca leise und Karla antwortete genauso leise „Noch nicht richtig." Das Schnarchen der Freundin war nun mehr als deutlich von der anderen Seite des Zimmers zu hören. Karla begann leise zu erzählen, wie sie einmal dabei fast von der Mutter erwischt worden war, und das die Tür zum Schlafzimmer der Eltern immer offen stand. Sie erzählte von ihren ersten streichelnden Versuchen nach dem Buch, doch da verschloss ein Kuss von Rebecca ihren Mund. Die Zunge der Freundin versucht Einlass zu finden und Karla ließ es zu.

Plötzlich spürte sie eine Hand auf ihrem Oberschenkel, die zuerst ruhig oberhalb ihres Knies liegen blieb und sich dann langsam nach oben schob. Für einen Moment wollte sie die Hand dort wegschieben, doch sie konnte nicht. Irgendwas hemmte sie und sie wartete. Ein angenehmes Gefühl machte sich in ihr breit und sie genoss das Streicheln der Freundin auf der Haut. Zusammen mit ihrem Nachthemd glitt die Hand der Freundin immer höher und eine Gänsehaut folgte der Bewegung auf ihrer Haut. Rebecca schob Karlas Beine auseinander und sie hielt den Atem an.

Karla spürte den Atem der Freundin ganz nah an ihrem Ohr. Eine zweite Hand berührte sie und schob sich von oben herab zu ihrer Brust. Zwei zärtliche Brührungen auf der Haut konnte Karla nun spüren und sie ließ die Luft stoßweise durch die halbgeöffneten Lippen hindurch. Rebecca wusste genau, was sie tat. Ihr Kopf tauchte nach unten ab und verschwand unter der Bettdecke. Wieder versuchte die Zunge der Freundin Einlass zu finden, nun nur an einer anderen Stelle. Ein warmes Gefühl begann Karla zu durchfluten. Von Kopf bis Fuß kribbelte es in ihr. Es war einfach nur schön und alles zog sich in ihr zusammen. Ein Strudel von Gefühlen riss sie mit. Sie griff nach Rebeccas Kissen und biss dort hinein, um Carmen nicht zu wecken und auf einmal löste sich alle Anspannung mit einem unbeschreiblichen Glücksgefühl in ihr. Rebeccas Kopf tauchte wieder aus den Tiefen der Vereinigung auf. „Das war wunderschön." flüsterte Karla, nachdem sie wieder zur Ruhe gekommen war. Rebecca küsste sie und Karla schmeckte sich selbst auf den Lippen der Freundin. Entspannt schliefen sie ein paar Minuten später, beide aneinander gekuschelt, ein.

Mit einem Kuss weckte Rebecca sie am Sonntagmorgen und sie gingen zusammen unter die Dusche. Den ganzen Tag strahlte Karla und sie wusste nun, dass all das Schmökern in dem Buch nur halb so schön war, wie die praktische Erfahrung, die sie nun machen durfte. Jetzt sah sie auch Rebecca irgendwie mit anderen Augen an. Das Erlebnis in der Nacht hatte sie beide innerlich noch mehr verbunden.

6. Kapitel

Erwachende Gefühle

Etwas hatte sich in ihr geändert. Karla hing nur noch mit Rebecca zusammen und Carmen zog sich immer weiter von ihnen zurück. Hatte sie etwas bemerkt? Die beiden Freundinnen waren nun wie Zwillinge, immer unzertrennlich. Immer wenn Karla den roten Schopf der Freundin sah, machte ihr Herz einen Satz. War das Freundschaft, Schwärmerei oder Liebe? Sie wusste es nicht und Rebecca konnte sie dazu nicht fragen. Wer konnte ihr helfen?

Blieb eigentlich nur noch Barbara, aber konnte man darüber mit einer Nonne reden? Immer tiefer wurden Karlas Gefühle und irgendwie machte ihr das auch Angst. Oder waren das nur die Vorurteile der Eltern? Sie war einfach viel zu unerfahren, um sich da selbst klar zu werden, was sie wollte.

Jede, und sei es noch so zufällige, Berührung Rebeccas jagte Schauer durch ihren Körper. Karla hielt es zwei Wochen aus, bevor sie zu Barbara hinunter ging und zaghaft an die Tür klopfte. Die

Nonne öffnete und bat Karla herein. Das Zimmer war ganz schick ausgestattet und machte so gar nicht den Eindruck, wie sich Karla das von der Wohnung einer Nonne vorgestellt hatte.

Offensichtlich hatte Barbara den Blick der jungen Frau bemerkt und setzte schnell hinzu „Ich bin evangelisch und nicht katholisch. Wir sehen das Ganze etwas lockerer als unsere Schwestern von der anderen Glaubensrichtung." „Das sehe ich." sagte Karla und hob eine Illustriere an, die auf dem Tisch lag. „Ein Klatschblatt bei einer Nonne." sagte Barbara mit einem Schmunzeln und sie setzten sich beide an den Tisch. „Wo drückt der Schuh?" fragte sie, als sie sah, dass Karla nicht wirklich einen Punkt fand, um mit der Sprache heraus zu rücken.

„Es geht um mich und Rebecca." begann Karla und erklärte ihre immer tiefer werdenden Gefühle für die andere Frau. Barbara hörte geduldig zu und sagte dann „Da fragst du aber die Richtige." Anscheinend zweifelnd, ob die eine erschöpfende Antwort geben konnte. Sie überlegte eine ganze Weile und erzählte dann „Bei mir war es in der Schule ähnlich. Ich war fasziniert von meiner Lehrerin. Es war eine Schwärmerei. Ich fühlte mich zu ihr hingezogen und habe förmlich bei jedem Wort von ihr an ihren Lippen gehangen. Ich habe mir dieselben Fragen gestellt, wie du sie dir jetzt, aber ich bin zu keiner guten Antwort gekommen."

„Deshalb das Kloster?" fragte Karla, doch Barbara schüttelte den Kopf. „Ich habe es einfach in mir verschlossen und nicht heraus gelassen. Manchmal habe ich mir gewünscht, ich wäre mutiger gewesen und hätte mich ihr offenbart. Aber ob das für dich richtig ist, musst du für dich selbst herausfinden. Da drin musst du die Antwort spüren." setzte die Nonne dazu und tippte auf Karlas Herz. „Ist es auch für dich eine Schwärmerei? Freundschaft? Oder ist es Liebe?" beendete die Nonne den Satz. So ähnlich hatte sie es auch schon gesehen und nickte nun. Vermutlich war sie selbst der einzige Mensch, der eine Antwort finden konnte. Die Nonne hatte ihr zu dieser Ansicht verholfen, oder besser gesagt, sie darin bestärkt, dass sie richtig lag.

Karla verabschiedete sich und überlegte beim Treppen steigen, wie sie es herausfinden konnte. Vielleicht sollte sie doch mit Rebecca reden, was diese empfand? Aber was wäre, wenn diese sie dafür auslachen würde? Würde sie das wirklich tun? Oder hatte auch Rebecca Gefühle für sie?

Seit der Nacht waren sie sich noch nicht wieder so nahe gewesen, außer beim Duschen. War es wirklich Liebe? Die Treppe war nicht lang genug, um alle Eventualitäten abzuwägen. Schließlich stand sie wieder vor dem Zimmer und hoffte, dass Carmen nicht da sein würde.

Karla öffnete die Tür und sah die Freundin alleine im Zimmer sitzen. Mit einem Buch hatte sie es sich in ihrem Bett bequem gemacht und Karla setzte sich einfach dazu. Für einige Augenblicke war sie einfach nur still und schaute auf das Buch in der Hand der Freundin. Ein Liebesroman war es, genau das richtige Buch, um eine wichtige Frage zu stellen. Karla legte ihre Hand auf Rebeccas Knie und sah die Freundin an. Die klappte das Buch zu und bemerkte wohl, wie es in Karlas Innerem wühlte und als Antwort auf die ungestellte Frage küsste sie Karla einfach. Es war kein flüchtiger Kuss, sondern es lag eine Leidenschaft darin, die Karlas Zweifel schmelzen ließ. Das fühlte sich richtig gut an. Karlas Herz machte einen riesigen Satz und sagte „Ja." sie wollte sich fallen lassen und einfach den Emotionen freien Lauf lassen. Vorsichtig schob sie ihre Hand unter Rebeccas Top.

Rebecca legte ihre Hand auf die Hand der Freundin und stand auf. Schnell verschloss sie die Zimmertür. Falls Carmen nun herein wollte, so musste sie einfach warten. Auf dem Rückweg zum Bett streifte sie das Top über den Kopf. Das fallen lassen war für Karla einfach nur schön. Sie genoss die Streicheleinheiten, die Zärtlichkeiten und sie liebten sich am helllichten Tag. Wieder hinterließen die suchenden Finger Rebeccas Spuren von Gänsehaut auf ihrem Körper. Doch diesmal wollte Karla die Freundin ebenfalls verwöhnen. Sie drückte Rebecca zurück und begann, was diese zuvor bei ihr ebenfalls getan hatte. Zum Glück waren die Zimmerwände sehr dick. Haut auf Haut genossen sie die Zweisamkeit.

Ab diesem Moment gingen sie auch noch Hand in Hand und es war ein paar Tage später auch der Direktorin aufgefallen, dass da etwas, nach ihrer Auffassung, nicht stimmte. Was die beiden jungen Frauen natürlich so nicht sahen. Für sie war es das Natürlichste der Welt. Bei der Aussprache schwang eine unterschwellige Drohung der Direktorin mit und so nahmen sich Beide vor, etwas vorsichtiger vor den Anderen zu sein. Nichtsdestotrotz waren sie immer noch unzertrennlich.

Nun joggten sie auch außerhalb des Klosters und was sie dabei taten, das ging ja keinen etwas an. Nur sie beide. Es fühlte sich gut an, und was sich gut anfühlt, dass kann nur gut sein. Wenn man auf sein Herz hörte, so konnte man nicht irren und zum Glück war es draußen auch noch warm genug.

Sie wollten nur der Direktorin keinen Anlass dafür geben, sie auf unterschiedliche Zimmer zu legen, oder vielleicht sogar noch die Eltern zu informieren. Das hätte Karla sicher vor Scham nicht überlebt. Mit dem Vater über so etwas wie Liebe zu reden war schon nicht leicht und dann noch über die Liebe zu Rebecca? Vermutlich sah es die Freundin ähnlich. Irgendwann sagte sie zu Karla „Wir machen das aber locker. Keine Bindung und keine Eifersucht bitte." Das passte ihr zwar nicht wirklich, aber sie wollte ja auch die Freundin nicht verlieren, also stimmte sie notgedrungen zu.

So für den ersten Versuch hatte Karla ihre Gefühle immer noch nicht richtig in den Griff bekommen. Aber konnte man das wirklich mit dem Verstand begreifen? Herz und Kopf, das passte doch nicht zusammen. Doch Rebecca hatte da viel mehr Erfahrung in diesen Sachen. Zumindest aus der Sicht von Karla.

Unter dem Siegel der Verschwiegenheit konnte sie aber auch immer mit Barbara reden und die Nonne wurde für Karla zu einer ebenso guten Freundin wie Rebecca, nur auf eine andere Art. Eine Vertrauensperson, der sie alles anvertrauen konnte und die immer helfend zur Seite stand. Vermutlich hatte die Nonne das hier schon oft erlebt.

7. Kapitel

Heizungen und andere Katastrophen

Mittlerweile war es Ende Oktober geworden und schon etwas kühl auf dem Berg. Als Karla eines Morgens unter die Dusche ging, sprang sie mit einem Schrei wieder hervor. Rebecca starrte erschrocken zu ihr herüber und Karla rief „Das Wasser ist kalt!" Noch einmal drehten sie das warme Wasser an, doch Rebecca bestätigte, dass das Wasser kalt blieb. Also wuschen sie sich nur kurz im Waschbecken. Als sie sich angezogen hatten, gingen sie zu Barbara hinunter und mit ihr zusammen stiegen sie in den Keller hinab.

Barbara schloss den Heizungsraum auf und kontrollierte den Kessel, aber er war wirklich kalt. Die Nonne ging zur Direktorin und schon wenig später wurde die Reparatur der Heizung in Auftrag gegeben. Schließlich brauchten ja alle warmes Wasser und die Heizung war ja damit auch kalt.

Sie gingen zu ihrer Ausbildung in die große Küche und während der Stunde hielt direkt vor dem Fenster ein roter Lieferwagen mit der Aufschrift „Heizungsmonteur" Barbara deutete auf das Auto und sagte „Da wird wohl das Wasser dann wieder irgendwann warm werden." Alle Frauen schauten aus dem Fenster, auf das direkt davor stehende Fahrzeug, dessen Türen sich gerade öffneten. Zwei ältere Männer und ein jüngerer, etwa in ihrem Alter, stiegen aus. Vielleicht die Facharbeiter und ein Lehrling.

Sicher blieben im Moment sechzig Augen an diesem jungen Mann hängen, die Nonnen mal nicht mit eingerechnet. Ein junger Mann, und dazu noch ein recht attraktiver, in einem Nonnenkloster bei so vielen ausgehungerten Frauen. Sicherlich ein Risiko für die Monteure. Oder aber extra so gemacht. Mit dem Lehrling würden die beiden Facharbeiter nicht von den Frauen bei ihrer Arbeit abgelenkt werden.

In der Klasse waren es wohl nur Karla und Barbara, die nicht mit offenen Mund zuschauten, wie der Mann draußen Werkzeug entlud und in den Keller brachte. Ab da war von einem normalen Lehrbetrieb nicht mehr zu reden. Vermutlich hätte Barbara auch Wunderkerzen in das Essen stecken können, ohne dass es jemand bemerkt hätte und so brach sie den Unterricht einfach ab.

Aber war das wirklich so klug gewesen? Nun saßen alle auf dem Fensterbrett und schauten hinaus. Hier waren Hormone bei der Arbeit, unten am Auto genauso, wie hier oben am Fenster.

„Das kann nicht gut gehen." dachte Karla „Ein Mann für dreißig Frauen!" sie sah Rebecca an und bemerkte den verklärten Blick der Freundin. Schließlich schob sich Rebecca langsam vom Fenster weg, während die anderen noch auf dem Fensterbrett saßen. Karla folgte der Freundin mit den Augen und sah, wie sie zur Tür schlich. Leise öffnete Rebecca die Tür und Karla folgte ihr genau so leise. Das Ziel war ihr schon klar. Rebecca würde sicher in den Heizungskeller gehen und so ließ sie der Freundin einen größeren Abstand. War sie Eifersüchtig? Vermutlich nicht, nur neugierig.

Die Tür der Waschküche, in der die Waschmaschinen standen, und die der Tür des Heizungskellers genau gegenüber lag, war nur halb angelehnt. Langsam schob sich Karla zu der Tür und hörte die Geräusche der Liebenden „Das ging ja aber schnell." dachte sie. Die Freundin hatte sicher nicht mal zwei Minuten Vorsprung gehabt. Karla spähte durch den Türschlitz und sah die Beiden schon in inniger Vereinigung. Vielleicht hatte die Freundin die Tür absichtlich offen gelassen? Karla spähte durch den Spalt, zwischen Tür und Rahmen, und schaute eine paar Augenblicke zu. Sie hörte die Geräusche der beiden Liebenden, sah ihre Bewegungen. Vorsichtig zog sie sich wieder zurück, damit die Beiden sie nicht bemerken würden.

Sie blieb im Gang stehen und nach ein paar Minuten kam Rebecca wieder heraus. Sie zog ihre Sachen zurecht und war gar nicht überrascht, die Freundin direkt vor sich stehen zu sehen „Na, du hast es aber nötig gehabt!" sagte Karla lächelnd und die Freundin nickte. „Und du?" fragte Rebecca „Was ist mit mir?" antwortete Karla und wusste doch eigentlich schon, was die Freundin meinte. Die zeigte mit dem Daumen hinter sich auf die Tür und strahlte Karla an. Dann holte sie ein Kondom aus der Hosentasche und drückte es Karla in die Hand „Hast du die immer dabei? Du konntest doch gar nicht wissen, dass du die heute brauchen würdest?" fragte Karla und Rebecca sagte nur „Frag nicht so dumm." dann gab sie den Weg frei und lies Karla an sich vorbei.

Noch wusste Karla nicht, ob sie das wirklich tun sollte. Das war irgendwie nicht romantisch und ihr erstes Mal hatte sie sich eigentlich anders vorgestellt, doch da bekam sie schon einen Schubs in den Rücken und die Tür des Raumes schloss sich hinter ihr. Nun stand sie Auge in Auge mit dem Mann alleine in dem Zimmer. Er hatte blaue Augen und kam einen Schritt auf sie zu. Sie blieb an seinen Augen hängen. Ohne ein Wort küsste er sie und sie genoss seine Küsse. Er war kräftig und doch zugleich zärtlich. Ihre Zweifel schmolzen in seinen Armen dahin. Lippen, Hals und Schulter wurden mit Küssen und zärtlichen Streicheleinheiten bedacht und die Gänsehaut folgte seinen Händen und Lippen.

Seine Finger tasteten sich an ihr vorwärts und schoben sich unter ihr Top. Wenig später lag ihr Rock zu ihren Füßen. Als er seine Hose fallen ließ und ihre tastenden Finger einen schlafenden Riesen weckten, wusste sie, dass alle Bilder in ihrem Buch gelogen hatten. Die Realität stellte alles in den Schatten, was sie dort gelesen oder gesehen hatte. Etwas Angst machte sich in ihr breit, doch sie gab ihm das Kondom. Der Mann ergriff ihre Hüften und setzte sie auf die Waschmaschine, seine Hände streiften ihren Slip herunter, griffen zu ihren Knien und sie ließ sich nach hinten fallen. Dabei knallte sie mit dem Hinterkopf gegen die Wand und alles wurde schwarz vor ihren Augen.

Als sie wieder zu sich kam zog er sich gerade die Hose wieder hoch. „Das kann auch nur mir passieren." sagte sie laut zu sich selbst und rieb sich den schmerzenden Hinterkopf. „Es ist nichts passiert." sagte er. Der Mann küsste sie, gab ihr das unbenutzte Kondom zurück und reichte ihr den Rock. „Da wird sich Rebecca nicht mehr einkriegen vor Lachen." dachte sie bei sich und der Mann sagte „Wir sind bestimmt noch eine Woche hier. Wenn du willst, komm noch mal vorbei." dann küsste er sie noch einmal und sie verließen den Raum wieder.

Rebecca stand am Anfang der Treppe und fragte „Und?" Karla erzählte die Geschichte und die Freundin kriegte sich wirklich kaum noch ein vor Lachen. Als sie dann wieder nach oben gingen, kamen ihnen schon zwei andere Frauen entgegen und Karla sagte „Der wird wohl heute nicht zum Arbeiten kommen." „Wie man es nimmt." entgegnete Rebecca schmunzelnd. „Deswegen dauert es sicher auch eine Woche, bis sie fertig werden." setzte Karla lachend hinzu und musste immer noch schmunzeln. Nur der Hinterkopf tat noch weh und sie rieb sich die schmerzende Stelle weiter mit der Hand.

8. Kapitel

Urlaub

Das Jahr neigte sich dem Ende zu und es ging auf Weihnachten. Über die Feiertage würde das Internat geschlossen sein und alle Bewohnerinnen mussten, ob sie wollten oder nicht, nach Hause fahren. Schon alleine dieser Gedanke war für Karla ein Graus und dazu kam dann auch noch die Aussicht, für zwei Wochen von der geliebten Freundin getrennt zu sein.

Eine Woche vor dem Abfahrtstermin hatte sie sich immer noch nicht entschlossen, die Eltern anzurufen und bei dem Gedanken, an den Abschied von Rebecca, liefen ihr Tränen über die Wangen, was die Freundin natürlich bemerkte. „Was ist denn los?" fragte sie und Karla erklärte, mit immer wieder stockender Stimme, ihr Problem. Rebecca umarmte sie und sagte einfach nur „Dann komme doch mit zu mir. Wir haben ein großes Haus und meine Eltern freuen sich bestimmt." So richtig konnte das Karla zwar nicht Glauben, doch sie stimmte dem Vorschlag freudig zu.

In den letzten zwei Wochen hatte sie Barbara abends kaum noch gesehen, weil diese schon länger im Ort einen Kochkurs in der Volkshochschule gab und dieser nun immer bis spät in die Nacht ging. Auch schien es, als ob sich die Nonne irgendwie verändert hatte. War sie vorher aufgeschlossen und fröhlich, so war sie nun eher verschlossen, manchmal sogar traurig.

Sie machte zwar immer noch ein paar derbe Witze im Unterricht, bei denen allen Anwesenden die Luft wegblieb und sich jeder fragte, wie eine Nonne auf solche Sachen kam, aber es war nicht mehr dasselbe. Vor dem Urlaub schlug Karla der Klasse vor, für Barbara ein Geschenk zu besorgen, welches sie ihr vor der Abfahrt, mit der Bedingung, es erst zu Weihnachten zu öffnen, überreichen konnten. Schließlich würden sie ja da alle zu Hause sein und Barbara hier alleine zurück bleiben.

Der Vorschlag wurde einstimmig angenommen und so besorgte Karla ein schönes Geschenk, dass sie dann alle Zusammen verpackten und bei dem jeder noch auf einer bunten Karte unterschrieb. Am Morgen der Abfahrt gingen sie alle nach unten und Karla klopfte an die Tür. Barbara war sichtlich überrascht, alle vor ihrem Zimmer stehen zu sehen. Nach einer kurzen Ansprache, von Rebecca und Karla, überreichten sie das kleine Päckchen, mit dem Versprechen der Nonne, es erst am Weihnachtstag zu öffnen. Barbara bedankte sich überschwänglich und hatte Tränen der Rührung in den Augen. Dann gingen alle auf ihre Zimmer und packten weiter zusammen.

Nach und nach holten die Taxis die Frauen ab und Barbara brachte auch einige von ihnen mit den Bus in mehreren Fahrten zum Bahnhof hinunter. Auch Karla und Rebecca standen am Bus vor dem Bahnhof und dort wurde jede mit einer Umarmung verabschiedet. Es blieb irgendwie ein komisches Gefühl zurück und Karla hatte einen Kloß im Hals, als die Nonne wieder weg fuhr. Warum das so war, konnte sie sich nicht erklären. Vielleicht, weil sie nun von der Nonne eine Weile getrennt sein würde?

Rebecca hatte in der Zwischenzeit schon die Karten geholt und zusammen saßen sie wenig später in dem Zug, der sie zu ihrem fernen Ziel bringen sollte. Karla war mehr als gespannt auf die Eltern ihrer Freundin und auch wenn diese ihr das Versprechen abgenommen hatte, nichts von ihre Beziehung zu den Eltern zu sagen, war sie doch etwas aufgeregt.

Es würde eine ganze Weile dauern, bis sie in der Stadt ankommen würden und die Freundin ging in den Speisewagen. Kurz darauf kam sie mit einer kleinen Flasche Wein und zwei Plastebechern wieder zurück. Sie stießen damit an und hatten viel Spaß auf der langen Fahrt. Als sie dann endlich ankamen, hatte Karla einen Schwips. Sie war den Alkohol einfach nicht gewöhnt und so hakte die Freundin sie unter und schob sie mehr in Richtung Taxi, als das sie selbst gehen konnte. So bekam sie aber eben auch nichts von der Stadt und der Fahrt mit dem Auto mit. Vielleicht war sie unterwegs auch eingeschlafen, jedenfalls musste Rebecca sie erst an der Schulter schubsen, damit sie aus dem Taxi stieg.

Es war schon dunkel, als sie auf das Haus zugingen und obwohl Karla fast nichts mehr mitbekam, kam ihr das Haus doch riesig vor. Die Freundin schob sie durch eine Halle, eine Treppe hinauf und dann in ein Zimmer, wo sie Karla in das Bett bugsierte und da fing sie dann auch schon zu schnarchen an, kaum dass sie in der Waagerechten war.

Der nächste Morgen war ein Schock für Karla. Sie wachte alleine, mit einem Brummschädel in einer fremden Wohnung auf und ihr fiel erst langsam wieder ein, dass das wohl Rebeccas Elternhaus war. Nur wo war die Freundin? Karla hatte sogar noch ihre Sachen an. Diese auszuziehen, dazu war sie ja am Abend nicht mehr gekommen. Sie ging in die Dusche, die direkt an das Zimmer grenzte, zog sich um und ging auf den Flur. Fast wäre sie wieder rückwärts in das Zimmer gefallen. Der Flur war größer als das gesamte Haus der Eltern. Die Decke war in etwa fünf Metern Höhe über ihr und die Wände sicher genauso weit auseinander.

Das war kein Haus, das war ein Schloss! Sie sah zu beiden Seiten und konnte sich nicht für eine davon entscheiden. Wo war nur Rebecca? Sie versuchte es mit rufen und die Tür des Nachbarzimmers öffnete sich. Der verwuschelte, rote Schopf der Freundin sah durch die offene Tür und sie winkte Karla zu sich hinein. „Warum hast du mir nicht gesagt, dass du in einem Schloss wohnst?" fragte Karla, als die Tür sich wieder hinter ihr geschlossen hatte. Doch statt einer Antwort erhielt sie einen Kuss und ein verschmitztes Lächeln.

„Kommst du mit zum Frühstück?" fragte die Freundin und Karla nickte „Fahren wir mit dem

Auto da hin?" fragte sie verschmitzt und Rebecca lachte. Zuerst befreite Rebecca Karla von ihren Sachen und dann zog sie die Freundin hinter sich her unter die Dusche. Gemeinsam genossen sie das warme Wasser und die gegenseitigen Streicheleinheiten, anschließend stiegen sie zusammen die Treppe hinunter, erst jetzt konnte Karla auch den Rest des Hauses sehen. Es war wirklich sehr groß und kurz darauf saßen sie im Speisezimmer, in dem die ganze Schulklasse ohne Probleme Platz gehabt hätte. Wenig später wurde das Frühstück von einer älteren Frau herein gebracht, die Rebecca freudig begrüßte. Die Herzlichkeit war auf beiden Seiten sehr groß. Offensichtlich kannten und mochten sich die beiden Frauen schon lange.

„Und was machen wir heute Abend?" fragte Karla, als sie mit dem Frühstück fertig waren. „Wie wäre es mit der Disco?" antwortete Rebecca und die Freundin stimmte begeistert zu.

9. Kapitel

Männer und Frauen

Zu einer richtigen Disco gehen. Das hatte sich Karla schon seit Jahren gewünscht und nun würde sie sich diesen Wunsch zusammen mit Rebecca erfüllen. Sie freute sich den ganzen Tag darauf. Aber das Schloss, das sie am Tag erkunden durfte, hatte es auch in sich. Da ihre Eltern gerade irgendwo in Afrika Urlaub machten, was Rebecca sicher nicht gewusst hatte, hatten sie das Haus für sich alleine. Es gab einen Fitnessraum und einen Wellnessbereich, der jedes Fünf-Sterne Hotel neidisch machen würde. Alles, was man brauchte, war vorhanden. Daher hatte die Freundin sicher auch ihre gute Figur.

Am Nachmittag begannen sie sich Sachen heraus zu suchen, und da sie ja beide die gleiche Größe hatten, zumindest fast, passte Karla alles, was die Freundin ihr heraus suchte. Sich so zusammen schön machen gefiel ihr und natürlich war sie aufgeregt, was da auf der Tanzfläche so alles passieren würde. Bisher hatte sie ja nur in Gerüchten gehört, wie es da zuging. Aus der Schule und von Rebecca hatte sie ein paar Details gehört und den Rest reimte sie sich einfach so schön wie möglich zusammen.

Schließlich holte sie ein Taxi ab, das sie gerufen hatten, und setzte sie vor einer Disco ab. Da Rebecca dort bekannt war, kamen sie auch ohne Probleme am Türsteher, einem breitschultrigen Zwei-Meter-Mann, vorbei. Rebecca gab ihm ein Küsschen, er nickte ihnen freundlich zu und schon standen sie im Halbdunkel des Saales. Noch war nicht viel los, da sie fast die Ersten dort waren, aber die Musik war schon mal an und Karla sah sich um. In der Mitte war ein kreisrunder Bereich zum Tanzen und rund herum gab es schummrige, kleine Nischen mit zwei oder drei Stühlen und in manchen war auch ein kleines Sofa drin.

„Da hinten ist dann die Bar. Aber du solltest da ja vorsichtig sein." sagte Rebecca mit einem Lächeln und zeigte in eine Ecke. Dann zog die Freundin Karla zu einer der Nischen. Nach einer Weile gingen sie auf die Fläche tanzen. Die Musik war zwar laut, aber man konnte sich sogar noch unterhalten. Mit der Zeit kamen immer mehr Besucher und die Tanzfläche wurde richtig voll. Die beiden Freundinnen mussten nun sehr eng tanzen und die Berührungen waren richtig schön. Karla hatte sich so sehr auf diesen Abend gefreut und praktisch ihr ganzes Leben darauf gewartet. Nun konnte sie verstehen, was die Freundinnen aus der Schule damit gemeint hatten, wenn sie von den Sonnabendabenden geschwärmt hatten.

Durch die Eltern, und deren Strenge, war ihr die ganze Freude daran immer genommen worden und sie überlegte im Stillen, ob sie nach dem Jahr wieder zu ihnen zurückgehen, oder sich in einer anderen Stadt etwas Eigenes aufbauen sollte. Am liebsten wäre sie natürlich mit Rebecca zusammen geblieben, aber soweit waren sie noch nicht. Ein Mann wurde auf Rebecca aufmerksam und nun tanzte sie abwechselnd mit Karla oder dem Mann. Plötzlich waren die Beiden verschwunden und Karla blieb an ihrem Tisch sitzen. Es dauerte eine ganze Weile, bis Rebecca von den Toiletten zum Tisch kam und wenig später auch der Mann von dort zurückkam. Aber der Mann setzte sich nicht mehr zu ihnen, sondern verließ die Disco. Karla sah ihm noch eine Weile nach, dann blickte sie Rebecca vorwurfsvoll an und die lachte sie an. „Denke dran: keine Eifersucht!" antwortete sie auf den Blick und Karla nickte.

„Das hat doch aber nichts mit Romantik zu tun. Oder?" fragte Karla und Rebecca nippte an ihrem Glas „Romantik? Du meinst so mit Kerze, leiser Musik und einem Glas Champagner?" fragte sie und Karla nickte. „Romantik ist in deinem Kopf. Wir Frauen denken und fühlen mit dem Kopf, dem Herz. Die Männer etwa einen Meter tiefer. Wenn die romantisch werden, dann wollen die etwas von dir und machen es nur, um dir zu gefallen." schloss Rebecca und trank das Glas aus. „Romantik ist also nur was für den Kopf?" fragte Karla und die Freundin nickte. „Aber so gar kein drum rum? Das kann ich mir nicht vorstellen. So wie damals in der Waschküche?" fragte Karla, mehr sich selbst als die Freundin.

„Aber vermutlich ist das eben so." dachte sich Karla und dachte weiter über die Worte der Freundin nach. Männer und Frauen sind eben unterschiedlich. Schließlich tanzten sie zusammen weiter und fuhren dann später wieder mit dem Taxi zurück in das Haus. In dieser Nacht schliefen sie aneinander gekuschelt in einem großen Bett ein. Am nächsten Tag nutzten sie den Fitnessraum ausgiebig und schwammen dann später in dem Pool des Hauses. Durch ein großes Fenster konnten sie den Schnee draußen sehen, während sie im warmen Wasser umeinander schwammen.

Am Abend des Tages versuchte Karla eine solche Stimmung in dem Zimmer zu verbreiten, wie sie sich Romantik vorstellte, um damit die Freundin zu beeinflussen. Sie machte es, mit Hilfe der Angestellten, genau so, wie sie es schon einmal geträumt hatte. Sie brannte Kerzen an und dimmte das Licht, dann legte sie eine CD mit leiser Musik ein und wartete auf Rebecca. Als diese dann kam, konnte sie sich natürlich der romantischen Stimmung nicht entziehen und genoss auch noch die Streicheleinheiten der Freundin. Es war wie in einem Rausch für sie zwei. „Männer und Frauen sind nun mal wirklich verschieden." stellte Karla im Gedanken fest, als sie, die Freundin umarmend, einschlief.

Eine Woche waren sie praktisch alleine in dem großen Haus. Zum Weihnachtsfest kamen dann auch Rebeccas Eltern wieder nach Hause und sie begrüßten Karla herzlich. Sie feierten zusammen Weihnachten und Sylvester. In dieser Woche schlief Karla allerdings in ihrem Zimmer, was die Freundin aber nicht daran hinderte, mitten in der Nacht zu ihr herüber zu schleichen, aber früh verschwand Rebecca dann im Dunkeln wieder.

Karla fand Rebeccas Eltern sehr sympathisch, aber für die Beiden blieb sie nur eine Bekannte ihre Tochter aus dem Internat. Rebecca hatte sie ja vorsichtig daraufhin vorbereitet, dass die Eltern da sicher nicht mit sich reden ließen, wenn ihre Tochter eine andere Frau lieben würde. Das würde sicher zu einem Eklat führen und Rebecca wollte sich nicht mit ihren Eltern streiten. Deshalb war es in der zweiten Woche für Karla sehr anstrengend gewesen, die Fassade aufrecht zu erhalten und das brave Mädchen und die gute Freundin von Rebecca zu spielen, statt die Geliebte zu sein, wie in der Woche zuvor.

10. Kapitel

Ein schmerzlicher Verlust

Das Taxi hielt direkt vor dem Kloster und die Beiden gingen wieder durch das große Tor. Im Eingangsbereich drückte Karla der Freundin ihre Tasche in die Hand. Sie lief den Gang entlang, um Barbara ein schönes neues Jahr zu wünschen, doch als sie an das Zimmer kam stand die Tür offen und alle Sachen waren weg. Sie stand mit hängenden Schultern da. Die ersten Tränen begannen die Wangen herunter zu laufen. Sie hatte eine Freundin verloren.

Ihre wichtigste Bezugsperson, nach Rebecca, war nicht mehr da. Zu wem sollte sie nun gehen? Schluchzend lief sie die Treppe hinauf und in dem Zimmer wurde sie von Rebecca tröstend in den Arm genommen, nachdem sie ihr ihren Kummer mitgeteilt hatte. Nun gab vieles vom Verhalten der Nonne einen Sinn. Vermutlich hatte Barbara schon geahnt, dass sie nicht mehr lange hier die Gruppe unterrichten konnte. Aber dass sie einfach so aus Karlas Leben verschwand, war schlimm.

Es gab keine Nachricht, einfach nichts. Es war, als hätte es Barbara nie gegeben. Nur in ihrer Erinnerung war die Nonne immer noch präsent. Vielleicht konnte die Direktorin etwas zum Verbleib der Lehrerin sagen und Rebecca schlug vor, dass sie schnell mal fragen ging. Karla setzte sich auf den Stuhl und die Freundin eilte aus dem Zimmer. Diese zwanzig Minuten des Wartens kamen ihr unendlich lang vor. Sie schaute zur Tür und hoffte auf eine gute Nachricht.

Doch die einzige Nachricht war, dass Barbara den Orden aus persönlichen Gründen verlassen hatte. Karla ging noch einmal hinunter in das Zimmer der Nonne, bei dem immer noch die Tür offen stand. Vielleicht gab es hier eine Nachricht für sie. Karla sah sich um, aber sie fand nichts. Das Zimmer war von allen persönlichen Gegenständen gesäubert. „Wer wird nun am nächsten Tag den Unterricht übernehmen?" fragte sie sich und drehte sich zum Ausgang um, als sie die Direktorin im Flur sah.

Sie trat auf die ältere Frau zu und ohne Frage begann die Frau zu sagen „Ab Morgen wird euch Schwester Marion betreuen." Karla nickte und ging wieder zurück auf das Zimmer, wo Rebecca und Carmen, die gerade von zu Hause gekommen war, auf sie warteten. Dort erzählte sie die Nachricht und alle drei waren nun auf die neue Nonne gespannt. Wie würde sie sein? Und konnte Karla ihr vertrauen und zu ihr eine genauso enge Beziehung aufbauen, wie zuvor zu Barbara?

Daher waren am nächsten Morgen alle aufgeregt und saßen in dem Unterrichtsraum, als sich die Tür öffnete und eine ältere Nonne den Raum betrat. Die Frau mochte etwa fünfzig Jahre alt sein und strahlte etwas Mütterliches und Gütiges aus. Aber in ihren Augen blitzte manchmal auch der Schalk durch. Sie war eine etwas ältere Ausgabe von Barbara und die beiden hätten Schwestern sein können. Doch konnte Karla sich ihr öffnen?

Zwar hatte die Frau gesagt, dass sie mit all ihren Problemen zu ihr kommen konnten, doch wäre es sicher nicht möglich, mit den Beziehungsproblemen zwischen Rebecca und ihr zu ihr zu gehen, wie Karla das mit Barbara oft gemacht hatte. Es war so, als ob sie eine Schwester verloren und eine Mutter gewonnen hätte, und mit der Mutter war sie nun etwas vorsichtiger geworden. Jetzt, da Karla gesehen hatte, wie herzlich Rebeccas Mutter mit der Tochter umgegangen war, fühlte sie sich noch mehr von dem Verhalten ihrer eigene Mutter verletzt.

Mitten hinein in dieses Beziehungs- und Gefühlschaos platzte die Nachricht, dass Karlas Mutter bei einem Unfall gestorben war. Die Direktorin bat Karla in ihr Zimmer und eröffnete ihr die schreckliche Nachricht. Doch eigentlich hatte sich Karla in den letzten Monaten zunehmend von den Eltern zurückgezogen. Bei der Fahrt zur Beerdigung machte sie sich immer weiter Gedanken, wie es nun weiter gehen sollte und was war. Doch der Vater holte sie weder am Bahnhof ab, noch war er fähig, irgendeine liebe Geste der Tochter gegenüber zu zeigen. Sie sah den Mann wie einen Fremden an und brach direkt nach der Beendigung wieder auf, um in das Internat zurück zu kehren. Durch den Tod der Mutter war sie nun vollkommen frei in ihren Entscheidungen. Zum Vater wollte sie jedenfalls nie wieder zurück.

Nach ihrer Rückkehr wollte Rebecca sie trösten, doch da gab es gar nichts, was die Freundin hätte tun können. Karla war nun frei und dachte nur daran, was sie wohl nach dem zweiten halben Jahr machen wollte. Noch immer wollte sie nicht darüber mit der Freundin reden, aber sie konnte sich das schon schön vorstellen. Sie beide zusammen in einer Partnerschaft. Das wäre sicher toll. Doch wollte das auch Rebecca, oder war sie nur auf ein Abenteuer aus? Sozusagen als Trost im Internat? Weil es hier keine Jungs gab? Warum hatte sie im Weihnachtsurlaub nicht zu ihr gestanden? Warum hatte Rebecca die Beziehung vor den Eltern geheim gehalten?

Wenn jetzt nur Barbara da gewesen wäre, mit der hätte sie sicher eine Antwort gefunden. Aber mit Marion? Konnte sie der Frau vertrauen? Sollte sie das wirklich versuchen und damit einen Rauswurf aus dem Internat riskieren? Vorsichtig tastete sie sich an die Nonne heran, doch die hatte sicher schon lange erkannt, dass Karla etwas auf den Nägeln brannte, was diese unbedingt loswerden wollte. Eines Tages nach dem Unterricht blieb Karla noch ein paar Minuten sitzen und Marion setzte sich einfach zu ihr.

Die junge Frau setzte nun einfach alles auf eine Karte und begann von sich und Rebecca zu erzählen und Marion hörte aufmerksam zu. Doch im Gegensatz zu Barbara vermutete Marion, dass es nicht nur eine Schwärmerei sein könnte, aber offensichtlich kannte sie auch die Direktorin, denn sie bat Karla darum, hier im Internat sehr vorsichtig zu sein. Viele Menschen würden damit nicht klar kommen und diese Liebe war viel zu schön, zu kostbar, als dass sie durch eine Unvorsichtigkeit zerstört werden sollte.

Nach diesem Gespräch wurde die Bindung zu Marion immer fester und fast könnte man denken Mutter und Tochter zu sehen, so vertraut waren die beiden Frauen miteinander. War es denn Schicksal gewesen, dass sie die Mutter verloren hatte, kurz bevor sie sich Schwester Marion geöffnet hatte?

Aber gab es so etwas wie Schicksal wirklich? Wenn ja, dann war das Zusammentreffen mit Rebecca auch vorherbestimmt gewesen. Das warme und vertraute Gefühl in Karlas Bauch sprach zumindest dafür.

War das Liebe? Durfte sie eine Frau lieben?

Warum eigentlich nicht!

11. Kapitel

Frühlingsgefühle

Der Frühling hatte Einzug gehalten und alles wurde wieder grün. Die kalte Jahreszeit lag nun endgültig hinter ihnen und langsam wurde es auch Zeit, dass man wieder mal raus auf die Wiese hinter dem Haus gehen konnte. Kaum waren die Temperaturen etwas höher geworden, fanden sich ganze Gruppen von Frauen auf der Wiese ein, die die winterliche Blässe gegen ein etwas dunkleres Hautbild eintauschen wollten. Zum Glück wurde es ein ziemlich warmer Frühling und schon Mitte März waren die Temperaturen bei fast 25 Grad. Sonnenschein und Sonnenmilch waren jetzt wichtig. Jede freie Minute wurde im Bikini im Grase liegend zugebracht. Selbst die Mittagspause wurde dazu benutzt, um etwas brauner zu werden. Manchmal sogar ohne Oberteil, aber man war ja unter Frauen.

An einem besonders warmen Tag fuhr ein kleiner Transporter auf den Platz vor dem Wohnheim vor und ein junger Mann begann viele Kisten mit Blumen aus dem Wagen zu laden. Mit einer Schubkarre fuhr er die Kübel direkt vor den, auf der Wiese liegenden, Frauen vorbei zum hinteren Teil des Gebäudekomplexes. Dort begann er die Pflanzen, eine nach der anderen, in ein frisch umgegrabenes Beet zu setzen und so groß wie dieses Beet war, würde er sicher mehr als eine Woche dafür brauchen. Im Grunde genommen war es mehr ein kleines Feld, auf das, nach der Anweisung der Direktorin, die Blumen gepflanzt werden sollten.

Alle Frauen sahen von ihren Handtüchern aus zu, aber er pflanzte genau unter dem Fenster der Direktorin und keine von ihnen wollte einen Verweis oder Rauswurf aus dem Internat riskieren. Also blieb ihnen nur das zusehen aus der Ferne. Das Tuscheln war aber kaum zu überhören und als er auch noch seine Jacke ablegte und im T-Shirt weiterarbeitete, war es um die Konzentration und Zurückhaltung der Frauen fast geschehen. Die Nonnen hatten alle Mühe, die Frauen nach der Mittagspause wieder zurück in die Klassenräume zu bekommen. Bei allen waren eben die Frühlingsgefühle erwacht und dagegen konnte man nichts machen. Zumal die Meisten seit fast drei Monaten auch schon wieder ohne Freund innerhalb der Klostermauern festsaßen.

Manchmal fragte sich Karla, ob das auch ein Teil einer Prüfung hier drin war? Erst die Monteure im Heizungskeller und nun so ein knackiger und junger Gärtner? Hätte man da nicht auch einen Sechzigjährigen nehmen können? Da wäre die Verlockung nicht ganz so groß gewesen. Doch die verbotenen Früchte lockten einfach noch viel mehr. Zum Abendessen sprach sich nun auch noch herum, dass der junge Mann direkt vor dem Kloster wohnen würde. Das kleine Haus war von den meisten Zimmern aus zu sehen und auch Karla konnte vom Fensterbrett aus die Fenster der kleinen Hütte sehen. Am Abend wurde dort dann auch Licht angemacht.

Es waren keine dreißig Meter bis zu der verlockenden Versuchung. Nur die etwa drei Meter hohe Mauer stand zwischen den Frauen und dem jungen Mann. Es war zum verrückt werden! Am Tage arbeitete er vor dem Fenster der Direktorin und war damit praktisch unangreifbar und nachts schlief er direkt nebenan, nur durch die Klostermauer von den dreißig Frauen getrennt. In dieser Nacht träumte vermutlich jede der Frauen von ihm und überlegte sich, wie sie das mehr als gewaltige Hindernis überwinden konnten, oder wie sie mit ihm im Garten in Kontakt treten konnten.

Am nächsten Morgen war es aber Karla, die genau in dem Moment, wo er mit den Blumen an der Tür vorbei ging, nach draußen stürmte und so trafen sie aufeinander. Mehr als stürmisch! In ihrer Eile riss sie ihm die Blumen aus der Hand und sie fielen beide übereinander. Wonach sich alle anderen Frauen sehnten, gelang ihr praktisch durch Zufall. Nachdem sie sich wieder aufgerappelt hatten, sammelten sie zusammen die Blumen in die Kiste hinein. Dabei trafen sich mehr als einmal ihre Hände, als sie, von Karlas Seite durchaus beabsichtigt, Zeitgleich zur selben Blume griffen.

Die auffällige Gesichtsröte war bei Karla nicht mehr zu verbergen, und als er ihr zum Abschluss einen Kuss für die Hilfe gab, war es ganz um sie geschehen. Das Kribbeln in ihrem Bauch war so groß, dass ihr für einen Moment schlecht wurde. Die Beine versagten und sie musste sich auf den Boden setzen. Der Mann half ihr wieder auf die Beine und stützte sie. Von allen anderen Frauen beneidet, brachte er sie zu einer Gartenbank, wo sie sich setzte und von dort aus zusah, wie er die gerade eben eingesammelten Blumen in das Beet einpflanzte. Eine Armee von Schmetterlingen kreiste durch ihren Bauch und sie fühlte etwas, was sie so bisher nur für Rebecca gefühlt hatte. Irgendwie war es um sie geschehen, aber wie sollte sie ihn erreichen? Jetzt arbeitete er wieder unter dem Fenster der Direktorin, keine zehn Meter von der Gartenbank entfernt, auf der Karla nun jede seiner Bewegungen aufmerksam verfolgte, bis Marion sie wieder zum Unterricht herein rief.

Mehr widerwillig verließ sie den schönen Beobachtungsplatz und ging in die Küche hinein, wo die Fenster auch noch zur anderen Seite hinausgingen. Von dort aus sah sie nur das kleine rote Dach der Hütte, in der er in der Nacht wieder schlafen würde. Sie hatte ihn noch nicht mal nach seinem Namen gefragt, aber der Kuss war einfach nur himmlisch gewesen. Er sollte zwar als Dank gelten, doch sie nahm ihn anders wahr. Sie hatte sich in ihn verliebt und wollte nun unbedingt bei ihm sein. Nur wie?

Karla konnte es gar nicht erwarten, bis Mittagspause war. Fast sofort saß sie wieder auf der Bank und beobachtete ihn weiter bei der Arbeit. Es schien so, als ob er auch sie beobachtete, denn so oft wie er seine Geräte nun gerade so ablegte, dass er dabei immer zu ihr schauen musste, war nicht normal. Das machte die ganze Situation für sie aber nur noch unerträglicher. Offensichtlich war das auch Rebecca aufgefallen, denn als sie sich neben Karla setzte, sagte sie „Ich habe einen Plan. Warte bis es dunkel wird." dann stand sie von der Bank auf und ließ die unwissende Karla mit einem wilden Kribbeln in ihrem Bauch dort zurück.

Was hatte die Freundin vor? Immer weiter schaute sie dem Mann zu, von dem sie nicht mal den Namen kannte. Jedes Spiel seiner Muskeln wurde beobachtet, aber nicht nur von ihr, sondern von allen Frauen hier im Internat und nur die Tatsache der sicher ebenfalls schauenden Direktorin hielt sie alle davon ab, über ihn herzufallen und ihm die Sachen vom Körper zu reißen.

12. Kapitel

Zerbricht die Freundschaft?

Karla konnte es kaum erwarten, dass es dunkel wurde. Sie hatte sich schön gemacht und ihr heißestes Kleid angezogen. Natürlich war es eines vor Rebeccas Kleidern, aber dieses stand ihr besonders gut. Die Freundin hatte nicht verraten, was sie vorhatte. Vermutlich aus Angst, dass sie belauscht werden konnten und so ihr Plan verraten werden könnte. Auf Rebeccas Rat hin hatte Karla Turnschuhe angezogen. Das war zwar eine unmögliche Kombination, aber die Freundin hatte darauf bestanden. Als alle in dem Wohnheim schliefen, und vermutlich wieder von dem Mann träumten, schlichen die beiden Frauen die Treppe hinab bis in den Keller.

So leise es ging bewegten sie sich und nun machten die Turnschuhe auch für Karla Sinn. In den hochhakigen Schuhen hätte sie vermutlich das ganze Haus wieder aufgeweckt. Ohne ein Wort und ohne einen Laut schlichen sie durch die dunklen Räume. Nur der Mond warf sein Licht durch die Fenster herein und spendete ihnen etwas Licht. Als sie an der Ausgangstür vorbei kamen, zog Rebecca die Freundin einfach weiter.

In der Waschküche zeigte Rebecca auf die in der Ecke liegende Leiter und nun dämmerte es Karla, was die Freundin für einen Plan hatte. Mit der Steighilfe schlichen sie zur Mauer. Dort stellten sie diese auf und Rebecca flüsterte in Karlas Ohr „Du kletterst hinauf, setzt dich oben auf die Mauerkrone, ziehst die Leiter nach, lässt sie auf der anderen Seite herunter und steigst wieder hinab. Drüben versteckst du die Leiter." Karla strahlte die Freundin an, gab ihr einen Kuss und stieg hinauf. Wenig später stand sie auf der anderen Seite und versteckte die Leiter in einem Gebüsch.

Nun war der Weg frei.

Die Hütte war keine zwanzig Meter entfernt und trotz der späten Stunde brannte noch Licht. Der Mann war also wach. Sie ging den Weg entlang und klinkte an der Tür. Die Hütte war nicht verschlossen und so konnte sie eintreten. Sie stand in einem Raum, der Wohn- und Schlafraum zugleich war. Der Mann lag mit nacktem Oberkörper im Bett und las in einem Buch, das er zuklappte, als Karla hinter sich die Tür schloss.

Er stand auf und Karla konnte sehen, dass ihr Besuch ihm nicht ungelegen kam. Da das Zimmer nicht groß war, mussten Beide nur jeweils einen Schritt machen, bevor sie voreinander standen. Er küsste sie und begann sie zu streicheln. Wie von selber rutschten die Träger ihres Kleides von den Schultern und der Stoff glitt zu Boden. Seine kundigen Finger befreiten sie von der Unterwäsche und mit seinen starken Armen trug er sie den einen Schritt zum Bett hinüber. Ihre Freundinnen hatten immer gesagt, dass das erste Mal etwas weh tat, es danach aber besser wurde. Würde das stimmen? Karla versuchte sich zu entspannen und genoss die streichelnden Berührungen des Mannes auf der Haut. Ihr Körper reagierte wie auf Autopilot, all das Wissen aus dem Buch war verschwunden. „Ich hab noch nie…" begann sie zaghaft, doch er verschloss ihren Mund mit einem Kuss. Vorsichtig glitt er auf sie und war dabei so unglaublich zärtlich.

Ein paar Stunden später schlich sie wieder aus er Hütte. Sie wusste nun, dass er Hans hieß und momentan Hans im Glück war, so glücklich Lächelnd, wie er gerade eben eingeschlafen war, und sie war nun nur noch im Sternbild Jungfrau. Endlich hatte es geklappt. Die Freundinnen hatten Unrecht! Es musste nicht wehtun, wenn der Junge nur vorsichtig genug war! Es war einfach nur himmlisch gewesen. Doch nun musste sie sich beeilen. Schnell war sie wieder an der Leiter und machte sich auf den Rückweg. Noch vor dem Morgengrauen war sie wieder in ihrem Bett und Rebecca kam zum Reden zu ihr herüber. Leise flüsternd, um Carmen nicht zu wecken, erzählte Karla von ihrem erotischen Erlebnis.

Nun konnte sie es gar nicht erwarten, bis es wieder Abend wurde. Den ganzen Tag schaute sie Hans bei der Arbeit zu und dachte an die schöne Nacht und das glückliche Lächeln im Gesicht von Hans war auch geblieben. Er schien nur Augen für sie zu haben und sie nur für ihn. Liebte sie ihn? Vielleicht! Mehr als Rebecca? Wer konnte das Wissen? Jedenfalls hatte sie sich darüber mit der Freundin auch in der Nacht ausgetauscht und Rebecca war dabei ganz leise gewesen. War Karla doch nur eine Affäre für Rebecca? Nur ein Zeitvertreib hier im Internat? Sie wusste es nicht und Rebecca vermutlich auch nicht.

In der Nacht schlich Karla, diesmal alleine, in den Keller, doch die Leiter war weg. Hatte jemand ihren vorherigen Ausflug vom Fenster aus beobachtet und es ihr einfach nachgemacht? Sie schlich sich zu der Stelle, an der sie am Abend zuvor mit der Leiter gestanden hatte und sah sich um. Eigentlich war die Stelle vom Haus aus nur schwer einsehbar. Rebecca hatte diese Position schon gut gewählt. Ein großer Baum verdeckte einen Teil der Fassade und somit auch die direkte Sicht. Genau neben diesem Baum setzte sich Karla in das Gras und wartete auf diejenige, die sich zu Hans geschlichen hatte.

Es dauerte mehr als eine Stunde, bevor die Leiter wieder herunter gelassen wurde. Karla stand auf und erkannte Rebecca, die schnell zu ihr herunter stieg. Karla trat an sie heran und fragte leise „Warum hast du das gemacht?" sichtlich zornig über die Freundin wollte sie eine Antwort, doch Rebecca wiegelte ab „Du weißt doch, keine Eifersucht. Ich habe dir die erste Nacht gelassen, aber ich habe dir nicht gesagt, dass ich die Finger von ihm lassen werde." „Du hast doch aber gewusst, wie ich für ihn fühle!" entgegnete Karla und war fast den Tränen nah. Rebecca zuckte nur mit den Schultern und verschwand mit der Leiter in Richtung Wohnheim.

Eine ganze Weile stand sie noch im Garten an der Mauer und ließ ihre Tränen laufen. Warum nur? War das das Ende der Freundschaft zu Rebecca? Die Freundin war so egoistisch! Andererseits hatte sie auch Recht. Hans war ja nicht ihr persönliches Eigentum. Mit hängenden Schultern ging sie zurück zur Tür des Wohnheimes und schlich die Treppe hinauf. Im ersten Stock sah sie eine Bewegung und versteckte sich in einer dunklen Nische an der Wand. Sie sah Schwester Marion im Nachthemd auf dem Flur stehen. An einer Stelle, von der man auch die Mauer sehen konnte. Wie lange stand die Frau da schon?

Karla musste eine ganze Weile warten, bis Marion in ihr Zimmer gegangen war. Aber Rebecca hätte doch auch an ihr vorbei gemusst? War die etwa noch im Keller? Sie drehte sich um und schlich nach unten. In der Waschküche saß Rebecca und heulte. Warum eigentlich? Hatte sie nicht erhalten, was sie gewollt hatte? Weinte sie um die Freundschaft? Waren ihre Gefühle zu Karla doch größer, als Rebecca vermutet hatte? Keiner der beiden Frauen wusste es. Nun tat sie Karla wieder leid. Sie ging zu ihr hinüber und versuchte sie zu trösten. Der Zorn war verflogen und sie war nun traurig über den Kummer der Freundin. Gegenseitig sich tröstend standen sie noch lange neben der Waschmaschine und schlichen erst kurz vor der Morgendämmerung auf ihr Zimmer.

„Wir lassen keinen Mann zwischen uns kommen." War ihre gemeinsame Meinung nach dieser Nacht. Ihre Freundschaft war einfach stärker. Den ganzen Tag über machten sie sich Gedanken, ob Marion sie wohl verraten würde. Denn ganz sicher hatte die Nonne ihren Ausflug bemerkt. Das Einzige was aber passierte, war, das ein großes Schloss an der Leiter war, als Karla in der folgenden Nacht wieder in den Keller schlich. Damit waren die Ausflüge über die Mauer zu Hans nun auch beendet.

13. Kapitel

Tränen der Angst

Ein paar Wochen waren nun wieder vergangen, seit Hans mit seiner Arbeit zu Ende war. Die Blumen, die er gepflanzt hatte, standen in voller Blüte und erinnerten Karla jeden Tag an ihn. Die Freundschaft zu Rebecca hatte auch diese Prüfung bestanden und die Beziehung war so fest, wie nie zuvor. Meist lagen sie nun wieder auf der Wiese vor dem Wohnheim, zumindest in der freien Zeit. Von dort aus hatten sie auch die Blumen immer im Blick.

Seit nunmehr einem dreiviertel Jahr hielten sie ihre Beziehung geheim, so gut man das eben unter so viele Frauen konnte. Einzig Schwester Marion wusste Bescheid, doch sie hatte versprochen zu schweigen. Alle anderen konnten vielleicht etwas ahnen, aber sicher sein konnte niemand. Selbst vor Carmen taten sie nur wie gute Freundinnen, sie wussten ja nicht, wie die Zimmernachbarin darauf reagieren würde. Zu dieser Geheimhaltung hatte ihnen Barbara einst geraten und bisher waren sie immer damit gut ausgekommen. Nicht auszudenken, was passieren würde, wenn Rebeccas Eltern, oder Karlas Vater, von der Sache Wind bekommen würden. Es wäre ein Skandal und, so wie Karla ihren Vater kannte, wieder der Natur und ein Frevel an Gott. Zwei Frauen liebten sich in einem Kloster!

Und doch zerrissen sich die anderen Frauen die Münder über diese unnatürliche Beziehung. Das Getratsche hörte nur auf, wenn Karla oder Rebecca gerade anwesend waren, danach ging es sofort wieder los. Es war eigentlich nur eine Frage der Zeit, bis diese Gerüchte auch bei der Direktorin ankommen würden und die beiden Freundinnen hofften, dass ihr Unterricht bis dahin schon zu Ende sein würde. Was danach kommen würde, darüber hatten sie sich noch keine Gedanken gemacht. Die Zeit würde für eine Antwort sorgen. Karla jedenfalls wollte sowieso nicht mehr zu ihrem Vater zurück. Und Rebecca? Die hatte sich darüber sicher noch gar keine Gedanken gemacht.

Eines Tages versagte der Wecker von Karla, so dass alle im Zimmer verschliefen. Die Direktorin kam die drei Frauen wecken und fand dabei Karla und Rebecca nackt, eng umschlungen in einem der Betten vor. Der Skandal war da und das Geschrei groß. Noch vor dem Mittag saßen sie im Zimmer der Direktorin, die nun ihrerseits eine Lösung suchte, mit der sie die Aufregung und den Skandal so klein wie möglich halten konnte. Händeringend lief sie vor den beiden jungen Frauen auf und ab und überlegte laut, was zu tun sei. Von „Informieren der Eltern" über „Hinauswurf aus dem Internat" bis zum „Trennen der Unterkunft" war alles dabei und die Tränen flossen bei Rebecca bei jeder dieser Androhung, bei Karla nur bei den zwei letzten Alternativen.

Nach mehr als einer Stunde hin- und herüberlegen fasste die Direktorin den Entschluss die Beiden in unterschiedliche Zimmer zu stecken. Noch am selben Tag sollten sie umziehen, Rebecca würde in ein Zimmer im Erdgeschoß ziehen und Karla im Dachgeschoß bleiben. Die Angst, dass sie aber dennoch die Eltern informieren würde, ließ bei Rebecca immer wieder die Tränen hervor kommen. Was würden die Eltern dazu sagen? Viel zu groß war ihre Angst, bloß wovor? Karla war mittlerweile egal, was ihr Vater dazu sagen würde. Doch die Freundin hatte vor dem Gerede offensichtlich eine große Angst.

Nun musste Karla die Starke für die Freundin sein und sie in ihrem Kummer auffangen. Tröstend nahm sie die Freundin in den Arm und wurde dabei aber sofort wieder von der Direktorin erwischt, die gerade aus ihrem Zimmer kam. Die Ausflüchte und Erklärungen funktionierten nicht mehr und so nahm Karla die Schuld komplett auf sich. Der Brief an den Vater war noch ihr kleinstes Problem. Sie musste sich nun weitestgehend von Rebecca fern halten, zumindest wenn es einer sehen konnte. Zwanzig Schritte Abstand legte die Direktorin fest, aber das ging nicht einmal im Unterricht, da sie ja in derselben Klasse waren.

Marion hatte für die Beiden Verständnis, konnte aber nicht zu auffällig die Augen zudrücken. Wenn eine der anderen Frauen sie verpetzt hätte, so wären sie dann zu Dritt in Schwierigkeiten gewesen. Tränenreich wurde auch der Abschied Rebeccas aus dem gemeinsamen Zimmer. Von nun an würden sie sich nur im Dunkeln irgendwo treffen können, wo sie niemand sehen konnte. Wie Schwerverbrecher fühlten sie sich beide und dabei war es bei ihnen doch nur Liebe und kein Raub gewesen.

Von nun an war der Wäschekeller in den Abendstunden ihr heimlicher Treffpunkt. Dort konnten sie ungesehen hingehen und die Tür vor allen anderen in der Welt verschließen. Da sie dazu auch immer Wäsche mitnahmen, war das Treffen dort wie zufällig und unverfänglich. Nur die zwanzig Schritte Abstand hielten sie hinter verschlossener Tür natürlich nicht ein. Zu stark war die Anziehung und die Liebe zwischen den Beiden und mit dieser zusätzlichen Prüfung machte es die Beziehung nur noch fester. Dort genossen sie die Zärtlichkeiten und Streicheleinheiten, die sie sich gegenseitig gaben.

So mussten sie die nun noch folgenden drei Monate irgendwie überstehen. Immer wieder mussten sie sich gegenseitig trösten. Mit der Äußerung „Die machen alle dasselbe und nur weil wir es uns eingestehen und gegenseitig unsere Liebe zeigen, versuchen die uns zu trennen." traf Rebecca den Nagel auf den Kopf. Oft hatte Karla die anderen Frauen auf der Toilette hinter verschlossenen Türen gehört und wusste, was Rebecca meinte. Die Welt konnte so unfair sein!

Jetzt, wo die Anderen sie so sehr angeschwärzt hatten, achtete Karla viel mehr auf die Zeichen der Anderen und war immer wieder angewidert von der Doppelmoral der anderen Frauen. Wer es heimlich und versteckt tat, der war gut und wer sich offen dazu bekannte Böse? Konnte das der Weisheit letzter Schluss sein? Sie fand es falsch und auch Rebecca stimmte ihr da vorsichtig zu. Sie wusste ja nicht, wie ihre Eltern darauf reagieren würden, doch das Ende des Internats rückte immer näher. Was würde in Zukunft sein? Für Karla war das Leben ohne Rebecca schon lange nicht mehr vorstellbar und nun hatte sie Tränen der Angst, wenn sie an die Zeit dachte, die bald kommen würde.

Würde Rebecca zu ihr stehen und konnten sie überhaupt ein gemeinsames Leben haben? Vielleicht würde es ja außerhalb des Klosters besser werden. Hier drin herrschte immer noch die verstaubte Moral des Mittelalters und draußen war die moderne Welt.

14. Kapitel

Prüfungsstress und Liebesnot

Die letzten acht Wochen waren angebrochen und nun begannen die Prüfungen. Schwester Marion brachte eine große Kiste in den Unterricht, in die sie zehn Zettel geworfen hatte. Jede Schülerin sollte sich einen Zettel ziehen und darauf würde dann ein Thema stehen, dass sie eine Woche lang vorbereiten und dann jeweils zum Freitag vortragen sollte. Immer zwei würden dann an einem Tag zur Prüfung antreten. Immer eine mit einem Heimarbeitsthema und eine mit einem Essen, das dann mit dem jeweiligen Thema für alle zehn vorbereitet werden musste.

Karla hatte den Zettel mit der Aufschrift „Bankett" und Rebecca mit dem Thema „Party" gezogen. Sie würden in den Wochen nacheinander jeweils ihre Prüfungsaufgabe erfüllen und konnten sich dazu jeweils eine Hilfe aus den anderen neun Schülerinnen auswählen. Damit war die Wahl natürlich sofort geklärt und sie würden sich untereinander helfen. Dabei würden sie dann aber auch geflissentlich das „Abstandsgebot" der Direktorin unterlaufen und Marion würde beide

Augen bei der Überwachung der Prüfung zudrücken. Nach außen hin aber streng darauf achten, dass da nichts passierte.

Bereits am folgenden Montag sollte Karla begingen sich darüber Gedanken zu machen, was sie anbieten konnte, wie die Dekoration sein würde und wie das gesamte Ambiente sein müsste. An alles musste sie denken und dabei hatte sie noch nie ein so festliches Essen gesehen. Rebecca war da schon viel weiter. In der elterlichen Villa war sie praktisch mit dieser Art der Bewirtung aufgewachsen und so war es sehr gut, dass sie der Freundin schon mal hilfreich zur Seite stand.

So hockten sie praktisch das gesamte Wochenende zusammen auf der Bank hinter dem Haus, aber da diese direkt unter dem Fenster der Direktorin stand, hatten es beide schwer sich wirklich auf die Arbeit und die Prüfung zu konzentrieren. Die Ablenkung durch den jeweils anderen und das Aufpassen, dass nichts passierte, war das schwerste an der Prüfung. Mit Stift und Blatt machte sich Karla Notizen, die von Rebecca geprüft und geändert wurden. Manchmal sahen die beiden aus dem Augenwinkel, wie sich die Gardine am Fenster von Frau Schmidt bewegte, aber sie wurden nicht auseinander gesetzt.

Ab dem Beginn der neuen Woche hatten sie praktisch vollkommen freie Hand bei der Vorbereitung und sogar ein Auto wurde ihnen für die Einkäufe und Besorgungen zur Verfügung gestellt. Dieses wiederum gab ihnen die Möglichkeit mobil zu sein und der Enge des Klosters zu entgehen. Damit waren aber die Fahrten am Montag und Dienstag keine Besorgungsfahrten sondern reine Lustfahrten. Die beiden fuhren zu einem kleinen Waldteich zum Baden oder zu einem verträumten Hotel im Wald, wo niemand irgendwelche Fragen stellen würde.

Die dadurch entstandenen Ausfälle musste dann aber Rebecca mit ihrer Kreditkarte abfangen und so überzogen sie das Budget für die Feier natürlich deutlich. Aber der Freundin war der kleine Betrag die Liebe wert gewesen. Es folgten zwei Tage des puren Stresses, bis sie am Freitag früh mit der ganzen Vorbereitung fertig waren und erschöpft vor dem Herd auf den Stuhl sanken. Nun war nur noch das Essen vorzubereiten. Aber das war ja die Hauptsache bei einem Dinner. Nach wenigen Augenblicken der Ruhe ging es los mit Gemüse putzen und den Vorbereitungen des Bratens.

In Anbetracht der Gäste hatte sich Karla für ein sehr leichtes und sommerliches Fünf-Gänge-Menü entschieden, dass mit einer leichten Suppe beginnen sollte und dann mit einer regelrechten Kalorienbombe beendet werden konnte. Die Zubereitung machte den Beiden zusammen so viel Spaß, dass sie lachend und singend durch die Küche tanzten. Marion schüttelte nur den Kopf. So hatte sie eine Prüfung noch nie gesehen. Im Moment war vom Stress noch nicht viel zu sehen, aber 17:00 Uhr sollte alles auf dem Tisch stehen und gegen Mittag sah es in der Küche eher wie auf einem Schlachtfeld aus.

Das bemerkte dann auch Karla und begann die Küche aufzuräumen, während Rebecca schon die ersten Platzdeckchen auf die Tische legte. Dann brachten sie zusammen die Dekoration des Raumes an. Alles sollte festlich sein und so sah es dann auch aus. Kurz vor Beginn der Prüfung gingen sie sich umziehen, dann standen sie in schönen langen Abendkleidern an der Tür und Karla begrüßte ihre Gäste, so wie es sich für eine gute Gastgeberin gehörte. Auch die Direktorin nahm mit teil und bekam den Ehrenplatz am Kopfende des Tisches.

Es wurde ein sehr schönes Essen und Karla schloss diese Prüfung mit Auszeichnung ab. Alle waren damit zufrieden und Karla war überglücklich. Da Rebecca am Montag mit ihrer Vorbereitung beginnen sollte, durften sie das Auto über das Wochenende behalten und nutzten es zu einer kleinen Feierfahrt für die bestandene Prüfung. Sie blieben in dem kleinen Hotel im Wald bis Montag früh.

In der folgenden Woche hatte nun Rebecca ihren großen Auftritt, doch ihr als Partymaus, mit mehr als zehn Jahren Erfahrung, machte das überhaupt keine Sorgen. Am Dienstag früh war alles Organisiert und so konnten sie sich wieder zwei Tage der Ruhe genehmigen. So langsam wurden sie Stammgäste in dem kleinen Hotel, das nicht weit entfernt von dem Kloster, auf der anderen Seite des Ortes lag. Wenn man gewollt hätte, so hätte man das Kloster auch von dort aus sehen können, aber sie kamen die ganze Zeit sowieso nicht aus dem Zimmer, noch nicht mal zum Essen.

So hätte es immer sein können und durch diese zwei Wochen erkannte Karla, dass ein Zusammenleben mit der Freundin auch im wirklichen Leben, also außerhalb des Klosters, durchaus möglich war. Sie verstanden sich blendend und arbeiteten gut zusammen. Einfach perfekt. Das einzige Problem war nur, dass sie zwei Frauen waren und Rebeccas Familie das vielleicht nicht tolerieren würde. Aber hatte die Freundin überhaupt schon gefragt? Karla war sich da nicht so sicher, ob Rebeccas Mutter und ihr Vater das nicht eventuell sogar gutheißen würden. Einzig der Erbe für die Firma des Vaters würde dann vielleicht ausfallen.

Aber auch dafür gab es ja noch so viele Möglichkeiten und in einer modernen Welt sollte man doch nicht an den alten Weltbildern von vor tausend Jahren kleben. Familien mit Mutter, Vater und Kindern? Warum nicht zwei Mütter und Kinder? In den Tagen im Hotel machte sich Karla über so vieles Gedanken und wollte damit unbedingt noch mit Rebecca drüber reden, aber erst mal sollte die Prüfung der Freundin ein voller Erfolg werden.

15. Kapitel

Frauen und Männer

Pünktlich Donnerstagmittag waren die beiden Frauen wieder im Kloster und wurden dort schon von Marion erwartet. Die Nonne machte sich große Sorgen, weil ja nach ihrer Sicht noch gar nichts vorbereitet war, doch Rebecca sagte nur „Ich habe alles im Griff. Wo darf die Band schlafen?" die Nonne und Karla machten große Augen. Eine Band? Hier im Kloster? „Vielleicht im Gartenhaus?" schlug Karla vor und die Nonne stimmte mit einem Nicken zu. Marion ging den Schlüssel holen und übergab ihn an Rebecca, die gerade ein paar Telefonate führte.

Noch vor dem Ende der Telefonate war es im Kloster auch schon herum, dass Rebecca eine richtige Band zu ihrer Party eingeladen hatte. Woher die anderen Frauen das erfahren hatten, wusste keiner der drei eingeweihten. Vermutlich hatte eine es durch die offene Tür vom Flur aus aufgeschnappt und sofort weiter verbreitet. Jedenfalls war die Aufregung sofort riesengroß. Aber wer kommen würde, das hielt die Freundin geheim. Nicht einmal Karla erzählte sie es.

Im Laufe des Donnerstages nahm die Partyhöhle, in die Rebecca die kleine Küche und den daran anschließenden großen Raum verwandelte, Gestalt an. Rebecca sorgte dafür, dass der Platz auch für alle dreißig Mädchen reichen würde, denn jede von ihnen wollte unbedingt dabei sein. Eine Party mit Livemusik im Kloster! Das würde sicher noch in hundert Jahren Gesprächsstoff sein, und da wollte eine jede einfach dabei gewesen sein.

Am Abend dann fuhr der Kleinbus vor dem Wohnheim vor und fünf junge Männer stiegen mit ihren Instrumenten aus. Rebecca begrüßte jeden mit einem Küsschen und wurde dabei von allen Frauen aus den Räumen heraus beobachtet. Einige lehnten sich soweit aus dem Fenster, dass man Angst haben musste, dass sie herunter fielen, doch alles ging gut. Die Band baute auf und stimmte die Geräte auf den Raum ab, dann holten sie von Rebecca den Schlüssel und waren schon wenig später in dem Gartenhaus außerhalb der Klostermauern untergebracht. In dieser Nacht sicherten zwei Schlösser die Leiter.

Beim Frühstück verteilte Rebecca die Einladungen zu der Party. Selbst die Nonnen und die Direktorin lud sie ein und die beiden Mädchen, die an diesem Tag auch Prüfung hatten, fragten, ob sie nicht den Termin der Prüfung vorziehen konnten und schon am Mittag ihre Abschlussarbeit vortragen konnte, was natürlich von der Direktorin genehmigt wurde. Wie in einem Ameisenhaufen war auf einmal das hin- und herlaufen in dem Wohnheim und fast war es so, als wäre Rebecca der ruhende Pol des Ganzen. Aber auch sie hatte noch einiges zu tun in dem Raum.

Zusammen mit Karla stellte sie die Getränke kalt, bereitete die Häppchen und die Dekoration vor. Nach dem Mittag kam dann die Band und machte die letzten Tests. Die laute Musik war überall im Haus zu hören und beschleunigte den Puls aller Frauen hier, bis auf die Nonnen und die Direktorin, obwohl die sicher auch dadurch einen beschleunigten Herzschlag bekamen, nur eben aus einem anderen Grund wie die Schülerinnen.

Für 17:00 Uhr war der Einlas geplant und die beiden Gastgeberinnen hatten sich schon in ein heißes Partyoutfit geworfen. Es war nur noch Zeit für einen kleinen Schwatz mit den fünf Männern und schon sollte es losgehen. Beide begrüßten ihre Gäste an der Tür und gaben Getränke aus. Schnittchen wurden gereicht und Rebecca hielt eine kleine Ansprache, doch da hörte vermutlich nur die Direktorin zu, alle anderen schauten schon sehnsüchtig auf die fünf Männer, die, keine drei Meter von ihnen entfernt, neben der Bühne standen.

Blicke flogen hin und her und endlich konnte die Band auf die Bühne und der Tanz begann. Rebecca hatte natürlich mit dem Engagement der Band ihr Budget schon wieder bei weitem überzogen, aber das war ihr die Sache wert gewesen. Rebecca und Karla liefen mit Getränken und Häppchen durch die Reihen der tanzenden Frauen und verteilten ihre Gaben. Zu diesem Zeitpunkt hatte Rebecca ihre Prüfung schon lange mit der Bestnote abgeschlossen. Keiner der Nonnen und auch nicht der Direktorin war aufgefallen, dass zeitweise nur vier Männer spielten, manchmal auch nur drei, einer war praktisch immer gerade auf der Toilette. Seltsamerweise verschwanden da auch immer einige der tanzenden Frauen und kamen wenig später mit einem Strahlen im Gesicht zurück. Was da so im Dunkel der Flure passierte, das entzog sich der Beobachtung der Lehrerinnen.

Aber es hat eben keinen Sinn, die Leiter zum Hühnerstall zu verschließen, wenn man danach den Fuchs durch die Tür zu den Hühnern lässt.

Auf Bitten von Rebecca wurde die Party bis nach Mitternacht ausgedehnt und in Anbetracht, dass es ja Freitag war und die Zeit im Internat nur noch sechs Wochen dauern sollte, stimmte die Direktorin zu. Fünf Männer mit dreißig Frauen, an diesem Abend fand Jede und Jeder sein Glück.

Weit nach Mitternacht brachte Rebecca die Männer zu ihrer Unterkunft vor der Mauer des Klosters und bedankte sich noch einmal bei jeden von ihnen mit einem Kuss. Hinter ihr stand aber schon die Direktorin mit dem Schlüssel in der Hand und wartete darauf, das Tor zu verschließen. Einige der Frauen tanzten noch auf den Gängen hinter ihnen und sie konnten das Singen der Frauen durch die offenen Flurfester hören. Da die Band erst am Sonnabendabend abreisen würde, hätte die eine oder andere sicher noch die Gelegenheit zu einer Autogrammstunde bei der Band und mit dem Gedanken daran schliefen die meisten der Frauen glücklich ein.

Zu einer, für einen Sonnabend, ungewöhnlich frühen Stunde waren die meisten Frauen dann auch schon wieder wach. Während Rebecca und Karla den Partyraum wieder in eine Küche verwandelten, warteten die Anderen schon darauf, dass das Tor geöffnet werden würde. Mit dem

Schlüssel in der Hand rang sich die Direktorin noch zu einem Vortrag über Verhütung durch, doch der kam mindestens einen Tag zu spät. Die fünf Männer standen schon auf der anderen Seite der Mauer und warteten ebenfalls darauf, dass sich das schmiedeeiserne Tor öffnete. Fast wären sie von den heraus stürmenden Frauen über den Haufen gerannt worden.

Das würde für die Männer sicher ein anstrengender Tag werden. Immerhin war das Verhältnis sechs zu eins, oder dreißig zu fünf, besser noch achtundzwanzig zu fünf, denn Rebecca und Karla hatte nun das ganze Wohnheim für sich alleine.

Nach dem Aufräumen trafen sie sich in Rebeccas Zimmer und blieben dort den ganzen Tag hinter verschlossenen Türen. Niemand störte ihre Zärtlichkeiten.

16. Kapitel

Ein unerwartetes Treffen

Karla und Rebecca waren am Sonntag in den kleinen Ort gefahren, um in der Eisbar am Markt die beendeten Prüfungen zu feiern. Beide hatten nun eigentlich ihren Abschluss in der Tasche, aber noch war keiner von beiden klar, was sie nun damit machen sollten. Was konnte man mit einem Abschluss einer Hauswirtschaftsschule wirklich anstellen? Einen Haushalt führen? Wozu brauchte man da ein ganzes Jahr? Wozu einen Abschluss?

Für sie beide war das eigentlich nicht wichtig, sie waren froh, dass sie sich dabei getroffen und ineinander verliebt hatten. Mit einem großen Eisbecher und viel Sahne genossen sie den schönen Tag, als Karla eine Frau auf dem Markt auffiel, die einen Kinderwagen vor sich her schob. Irgendwie kam ihr die Frau bekannt vor, und als diese sich zu Karla umdrehte, erkannte sie Barbara.

Schnell war sie aufgesprungen und hätte dabei fast das Eis vom Tisch herunter geworfen. Sie lief zu Barbara hinüber und begrüßte sie über-schwänglich mit einer Umarmung. Dann bat sie die Freundin zu sich an den Tisch, was Barbara gern annahm. Ein weiteres Eis wurde bestellt und sie begannen zu erzählen. Mit einem Blick auf das Kind fragte Rebecca „Ist das deine Nichte?" doch Barbara schüttelte den Kopf „Nein, das ist mein Kind." Karla und Rebecca schauten sich erstaunt an und begannen zu rechnen.

Wenn es nicht ein besonderer Fall von Früh-geburt war, so war Barbara schon im Kloster schwanger gewesen. Zu Weihnachten vermutlich schon im dritten Monat. Darauf angesprochen nickte die Frau und erzählte, dass sie im Kurs auf der Volkshochschule jemanden kennen gelernt hatte und dass es einfach so passiert war. Sie hat-ten es niemanden erzählen dürfen und als es dann soweit war, dass sie es auch unter weiten Sachen kaum noch verbergen konnte, war sie zur Direk-torin gegangen. Diese hatte ihr den Austritt aus dem Kloster und dem Nonnenorden nahe gelegt und Stillschweigen über die Sache angeordnet. Mit niemanden durfte sie darüber reden, vermut-lich war sie auch darum zum Schluss so komisch gewesen.

Hätte sie es doch getan, und die Direktorin hätte es erfahren, so hätte sie kein gutes Abschlusszeugnis bekommen und damit sicher auch keine weitere Anstellung. Alleine mit einem Kind, wäre das zu gefährlich geworden. „Und der Vater?" fragte Karla, doch Barbara schüttelte den Kopf „Der ist verschwunden, als er gehört hat, dass ich schwanger bin und nun halte ich mich mit Gelegenheitsjobs und Haushaltshilfe über Wasser." Zusammen gingen sie in den kleinen Park spazieren und genossen die warme Sonne. Das Kind schlief in dem Wagen und so konnten sie sich unterhalten. Sie lachten und scherzten und es war fast so, wie in den alten Tagen. Auch die deftigen Witze waren wieder da. Aber das kannten sie ja schon von Barbara.

Es wurde ein besonders langer Spaziergang, bis Barbara sie einlud, bei ihr zu Besuch zu kommen, was die Beiden auch gern annahmen. Noch schnell wurde die Adresse aufgeschrieben und dann verabschiedeten sich die drei herzlich voneinander. Noch lange sahen sie der Frau mit dem Kinderwagen nach und dabei fiel Karla ein, dass sie ja, wenn sie zusammen bleiben würden, nie Mutter werden konnten. Anscheinend hatte Rebecca denselben Gedanken, denn sie seufzte laut. Karla nahm sie tröstend in den Arm und begann, zum ersten Mal wirklich ernsthaft, die

Freundin über deren weitere Lebensplanung zu befragen. Doch Rebecca wich ihr aus.

Doch wie sollte Karla darauf reagieren? Die Zeit für eine Entscheidung der Freundin wurde eigentlich immer knapper. Nur noch ein paar Wochen waren sie zusammen und bei Karla traten immer mehr Zweifel an der Ernsthaftigkeit der Freundin zu Tage. War sie hier wirklich nur ein Zeitvertreib gewesen? Ein „Notnagel" weil Jungs hier nicht so oft da waren? Viel zu oft hatte Rebecca ja auch in ihrer Zeit hier die Männer aufgesucht. Bei ihr war es nur das eine Mal mit Hans gewesen. Oft machte sie sich schwere Vorwürfe, dass sie darüber nicht schon am ersten Tag ihrer Beziehung gesprochen hatten. Die Liebe in ihrem Bauch wich manchmal einem großen Kummer und kam erst dann zurück, wenn sie sich leidenschaftlich küssten. Sie lebte nun praktisch nur für die paar Augenblicke des Unbeobachtet seins. Aber konnte das ein Leben lang so halten? Und was würde sie in ein paar Wochen machen? Zum Vater zurückgehen kam nicht mehr in Frage. Nur was sonst?

In der folgenden Woche besuchten sie am Sonnabend Barbara in ihrer kleinen Wohnung, die gerade mal so groß war, wie ihr Zimmer im

Kloster. Drei Räume auf nicht mal sechzehn Quadratmetern. Nur Barbara und ihre Tochter. Und nun waren sie zu dritt und da wurde der Platz schon eng. Für Karla war dies fast wie ein Ausblick auf ihr kommendes Leben. Wenn sie nicht mit Rebecca zusammen leben konnte, so würde eine ebenso große Wohnung wahrscheinlich für die nächsten Jahre ihre Bleibe und die Beschäftigung Barbaras auch ihre Arbeit sein. Sie konnte ja nichts anderes!

Als sie am Abend wieder in das Kloster fuhren, konnte Karla nichts anderes, als die Freundin endlich zur Rede zu stellen. Sie musste eine Entscheidung treffen und sie wollte eine Planung treffen für den Fall, dass sie alleine bleiben musste. Und wieder wich Rebecca ihr aus.

Den Rest der Fahrt saßen sie schweigend nebeneinander. Immer neue Gedanken kreisten durch Karlas Kopf. Immer mehr krampfte sich ihr Hals zusammen. Gerade eben war ihre Welt zusammen gebrochen. Alle Hoffnungen waren dahin, alle Ängste kamen hoch. Das Taxi hielt vor dem Eingang des Klosters und während Rebecca bezahlte stieß Karla die Tür des Wagens auf.

Weinend zog Karla einen Schlussstrich unter die Beziehung und stürzte aus dem Taxi heraus in das Wohnheim, wo sie sich immer noch weinend in ihr Bett verkroch. Die Bettdecke über den Kopf, schluchzte sie in ihr Kopfkissen und wenn sie ihren alten Teddybären da gehabt hätte, so hätte sie ihm sicher ihr Leid geklagt. Der hatte sie noch immer verstanden und getröstet.

Die nächsten Tage wollte sie niemanden sehen und Carmen ging ihr immer aus dem Weg. Vor Kummer zog sie sich immer weiter in ihr selbst gewähltes Schneckenhaus zurück und vermied es irgendwie auf Rebecca zu treffen. Der Schmerz wäre einfach viel zu groß geworden.

Doch wie nun weiter? Sie begann sich zu orientieren und zu suchen. Ein Plan musste her!

17. Kapitel

Wege über das Land

Die letzten drei Wochen ihres Aufenthaltes im Internat wurden die Schlimmsten ihres Lebens. Karla lief nur noch mit verheulten Augen umher und rund um sie her freuten sich alle über die bestandenen Prüfungen und den baldigen Abschied aus dem Kloster. Manchmal sah sie vom Fenster aus, wie Rebecca in ihrem kürzesten Kleid das Kloster verließ. Es war schon komisch, dass sie immer gerade dann durch das Fenster sah, wenn sie ging oder, vermutlich von irgendeinem Kerl, zurückkam. Die Ex-Freundin schien fröhlich zu sein und kein Anflug von Tränen oder Kummer war in ihrem Gesicht zu sehen.

Entweder war Rebecca eine gute Schauspielerin oder sie war wirklich so kalt und gefühllos. In ihrem aufgelösten Zustand musste sich Karla nun auch noch um ihre Bewerbungen kümmern und dazu hatte sie nicht mehr viel Zeit. In der Computerecke des Internats durchforstete sie das Internet nach Wohnungen und Arbeitsstellen, an denen sie Gefallen finden konnte. Doch das war offensichtlich nicht so einfach. Gab es an einem Ort eine Arbeit fand sie keine Wohnung. Fand sie eine

Wohnung, so war die nächste Arbeit dutzende Kilometer entfernt. Es war zum Haare raufen.

Die Zeit wurde immer knapper und ihre Verzweiflung immer größer.

Endlich fand sie in der letzten Woche ihres Aufenthaltes eine Anzeige, in der sie Arbeit und Wohnen kombinieren konnte. Eine Familie mit sechs kleinen Kindern suchte eine Haushaltshilfe und bot auch gleich noch ein Zimmer mit an, in dem Karla wohnen konnte. Schnell rief sie dort an und bekam auch sofort die Zusage, dass sie schon in der kommenden Woche dort beginnen konnte. Die Frau klang sehr nett am Telefon und die Arbeit würde Karla sicher schaffen. Seltsamerweise war es aber auch der Wohnort von Rebecca, doch das war Karla im Moment völlig egal.

Ohne einen Abschied von Rebecca brach sie am Freitag auf. Sie verabschiedete sich vom Marion und Frau Schmidt, dann fuhr sie mit dem Taxi und ihren wenigen Sachen, die gerade mal in eine Tasche passten, zum Bahnhof. Die Sachen von Rebecca hatte sie ihr einfach vor das Zimmer gestellt. Es würde wieder eine lange Fahrt werden und immer wieder kam bei ihr die Erinnerung hoch, dass sie das letzte Mal kurz vor Weihnachten mit Rebecca hier entlang gefahren war. Immer wieder stiegen die Tränen hoch und immer wieder musste sie diese herunter schlucken, denn die andere Frau würde sie auf dem Bahnhof abholen und da wollte sie nicht als verheultes Bündel gleich am ersten Tag alle ihre Chancen für den Neuanfang verspielen.

Eine Frau, Ende dreißig, wartete auf dem Bahnsteig und da sie die einzige war, die offensichtlich jemanden erwartete, ging Karla auf sie zu und fragte sie, ob sie die zukünftige Chefin wäre. Die Frau lächelte und nickte. Wenig später fuhren sie mit dem Wagen der Frau zu der Wohnung, die sich am Stadtrand befand. Während der Fahrt erzählte die Frau fast ohne Unterbrechung von ihrer neuen Wohnung, ihrem Mann, ihren Kindern und ihrer eigenen Arbeit, die nun wieder, nach der Geburt ihres sechsten Kindes, neu beginnen sollte. Ohne eine Frage zu stellen erfuhr Karla so fast alles zu ihrer neuen Arbeit, die nun auf sie zukommen würde. Das Wochenende lang würden die beiden Frauen noch zusammen arbeiten, ab Montag musste dann Karla alleine den Haushalt unter Kontrolle behalten.

Auch ihr Zimmer gefiel Karla. Es war zwar nicht sehr groß, doch gemütlich eingerichtet und mehr brauchte sie nicht. Sie freute sich auch schon darauf, dass sie nun sehr viel zu tun haben würde und damit auch nicht mehr in der Trauer um die verlorene Freundin herum hängen würde. Die Kinder waren im Jahresabstand geboren worden und sausten in der ganzen Wohnung umher. Die Frau, sie hieß Anja, hatte alle Mühe die Rasselbande unter Kontrolle zu bekommen, doch nun hatte sie ja Verstärkung.

Am Abend traf auch der „Hausherr" ein. Ein sehr attraktiver Mann, Anfang vierzig. Alle setzten sich zusammen an den Abendbrottisch und Karla war da schon in die Familie integriert. Fast nahtlos war sie aufgenommen und von den Kindern akzeptiert worden.

Tagsüber hatte Karla fast Ruhe, die kleinen Kinder waren in der Krippe, die größeren im Kindergarten und sie hatte Zeit für den Haushalt. Mit dem Staubsauger und Wischeimer wirbelte sie singend zur Musik eines kleinen Radios durch die Räume und hatte alle Mühe bis zum Abend alles soweit aufzuräumen, dass die Kinder beim Zurückkommen alles wieder breit werfen konnten. Aber die Arbeit machte ihr Spaß.

Am Ende der ersten Woche zeigte sich aber, dass der Hausherr durchaus auch noch anderes unter dem Begriff „Hausarbeit" zusammenfasste. Zwei Wochen hielt sie seinem Drängen stand, bevor sie sich dann doch, mit einem schlechten Gewissen Anja gegenüber, dazu verleiten ließ, die Hausarbeit etwas weiter zu fassen.

An manchen Tagen kam der Mann eher von der Arbeit und da sollte sie den Teil übernehmen, den vermutlich bis dahin die Ehefrau geleistet hatte, die nun aber durch ihre Arbeit oft erst spät am Abend nach Hause kam. Zu zweit schlossen sie sich dann in Karlas Zimmer ein und sie genoss die starken Hände auf ihrem Körper. Oft war sie dabei an Hans, ihren ersten Freund, erinnert, was auch nahe lag, da der Mann auch Hans hieß. In das Ehebett des Mannes, so wie er es vorgehabt hatte, wollte sie mit ihm, aus Respekt vor Anja, aber nicht.

Dieser Teil der „Arbeit" behagte ihr nicht ganz so, obwohl der Mann sehr zärtlich und leidenschaftlich war. Mochte es ihre Unerfahrenheit, oder das Fehlen von Rebecca gewesen sein, sie war ihm einfach verfallen. Suchte sie eine neue Liebe? Aber warum dann bei diesem Mann? Weil er gerade da war? Das war aber vollkommen falsch und sie wusste es! Sie durfte sich nicht in diese Ehe schieben! Am Ende würde es sicher nur eine Frage der Zeit sein, bis Anja es erfahren würde. Vielleicht war auch deshalb ihre alte Haushaltshilfe gegangen. Nicht einmal ein viertel Jahr hielt es Karla aus, die Frau, die nun eine Art von Freundin geworden war, zu belügen. Dann kündigte sie. Aber sie brachte es auch nicht übers Herz, Anja die Wahrheit über den Grund der Kündigung zu erklären. Sie wollte ja nicht die Familie zerstören. Sie wartete noch ein paar Tage ab, bis Anja jemanden anders gefunden hatte. Es wurde ein tränenreicher Abschied.

Danach suchte Karla sich in der Stadt eine andere Arbeit und eine kleine Wohnung. Die Arbeit war schnell gefunden und auch die kleine Ein-Zimmer-Wohnung war nicht weit entfernt. Nun half sie bei einem älteren Ehepaar aus und fand an der Arbeit großes Gefallen.

Die ältere Frau wurde fast zu einer Freundin und am Abend saßen sie oft in der Wohnung und redeten über Gott und die Welt.

18. Kapitel

Eine gemeinsame Zukunft?

In dem Haus der Müllers arbeitete Karla nun auch schon wieder zwei Wochen und als ihre eines Morgens beim Aufwachen übel wurde, hatte sie einen Verdacht, der sich nach einem Gang zur Apotheke bestätigte. Die zusätzliche „Hausarbeit" mit Hans war nicht ganz folgenlos geblieben. Jetzt hatte die junge Frau ein zusätzliches Problem. Das was sie für ihre Arbeiten als Lohn bekam, reichte gerade mal so für die Miete. Wovon sollte sie aber leben? Wovon ein Kind ernähren? Schon jetzt lebte sie von dem Angesparten auf ihrem Konto und jeden Tag konnte sie sehen, wie es weniger wurde. Sollte sie sich gegen das Kind entscheiden? Nein! Sie wollte dieses Kind.

Es ging auf Weihnachten zu und nach dem Kontostand konnte sie noch bis Ende März in der Wohnung bleiben. Und was dann? Zurück zum Vater? Mit einem Kind? Niemals! Karla dachte daran, dass sie noch ein Jahr zuvor mit Rebecca in der Disco gewesen war und dass sie mit deren Eltern das Weihnachtsfest gefeiert hatten. Und nun? In diesem Jahr war sie vollkommen alleine, mal abgesehen von Frau Müller, bei der sie ja täglich putzte. Aber das war nicht dasselbe. Die Liebe fehlte und die war doch das Wichtigste am Weihnachtsfest!

Jeden Tag ging es ihr schlechter. Am Weihnachtstag war es so schlimm, dass sie kaum aus dem Bett und danach stundenlang nicht von der Toilette kam. Der ganze Kummer fraß sich durch ihren Bauch. Sie hatte vor ein paar Tagen angefangen mit Barbara zu telefonieren und irgendwie waren sie beide so ziemlich gleich bescheiden dran. Sie hatte der Freundin zwar nichts von ihrer Schwangerschaft erzählt, aber auch Barbara ging es als alleinerziehende Mutter nicht so rosig. Wie sollte das erst bei Karla werden? Sie hatte Angst vor der Zukunft! Alles sah so bedrohlich und dunkel aus.

Am Abend des Tages klingelte es an der Tür. Noch nie hatte sich jemand zu ihrer Wohnung verirrt und so war sie ziemlich überrascht, dass die Klingel überhaupt ging. Nach kurzem Überlegen stand sie von ihrem Bett auf und ging die drei Schritte bis zur Tür. Sie öffnete und ein großer Rosenstrauß wurde durch die Tür gehalten, hinter dem sich ein roter Schopf zeigte. Rebecca strahlte sie an und die Freundin sagte „Verzeih mir. Ich war so ein Idiot." überrascht bat Karla die Freundin herein. Da sie kein Sofa hatte mussten sie beide auf dem Bett sitzen, so wie an ihrem ersten Tag im Kloster.

Eine ganze Weile sahen sie sich wortlos an, dann begann Rebecca wie ein Wasserfall zu erzählen. Wie sehr sie Karla vermisste, wie leid ihr das alles tat und das sie mit ihren Eltern geredet hatte und die das gar nicht so schlimm fanden. „Nur der fehlende Stammhalter macht meinem Vater zu schaffen." beendete Rebecca ihre Erzählung „Da kann ich Abhilfe schaffen." sagte Karla strahlend und zog das Hemd ein Stück hoch, so dass Rebecca den kleinen Babybauch sehen konnte. Dann fielen sich beide um den Hals und jede erzählte von dem letzten viertel Jahr.

„Woher hast du eigentlich meine Adresse?" fragte Karla, als sie daran dachte, dass sie diese ja fast niemanden gegeben hatte, und Rebecca erzählt von den Telefonaten mit Barbara. So hatte sie die gemeinsame Freundin also wieder zusammen gebracht.

Schließlich beschlossen sie zur Feier zu Rebeccas Eltern zu fahren, wo Karla herzlich begrüßt und empfangen wurde. Würde das jetzt für immer halten können? Karla hoffte es so sehr und wenn sie in die leuchtenden Augen der Freundin sah, dann schmolzen alle Zweifel in ihr hinweg. Der Kummer der letzten Tage war vollkommen verschwunden und sie schöpfte neuen Mut.

„Was wollen wir denn aber später mal machen?" fragte Karla und Rebecca erzählte, dass sie einen Partyservice eröffnen wollte. Mit dem Gedanken an die Party im Kloster lachten die beiden Frauen laut auf und mussten natürlich auch den Eltern alle Details der legendären Partynacht schildern. Nun fühlte sich Karla angekommen und schaute wieder mit Zuversicht in ihr Leben. Auch das Kind, das sie in sich trug, würde von nun an behütet aufwachsen.

Ein neues Jahr begann und von nun an würde niemand mehr die beiden Freundinnen trennen können. Das hatten sie sich in der Silvesternacht beim Feuerwerk geschworen.

ENDE

Von Uwe Goeritz im Verlag BoD (Books on Demand, Norderstedt) ebenfalls erschienene Bücher:

„Cecilia im Bann der Liebe"
ISBN lautet: 978-3-7392-4583-6
Altersempfehlung: ab 16 Jahre

„Was ist Liebe und warum kann sie uns in ihren Bann ziehen? Kann Mann oder Frau das mit dem Kopf entscheiden? Oder ist da eine rationale Entscheidung völlig unnütz? Cecilia, die Heldin dieser Geschichte, beginnt ihrem Kopf zu folgen, wo sie ihrem Herz hätte folgen sollen.

Gibt es für sie die Chance, diese Entscheidung zu revidieren? Oder bleibt sie allein und unglücklich zurück?"

112 Seiten für 6,49 Euro

„Für Immer an deiner Seite"
Die ISBN lautet: 978-3-7412-8407-6
Altersempfehlung: ab 16 Jahre

„Eine junge Frau schaut sich um und blickt zurück auf ihr Leben. „Wann ist die Liebe eigentlich erloschen?" fragt sich Maria, die Heldin dieser Geschichte. Im täglichen Kleinklein des Lebens hat sie sich viel zu weit von ihrem Mann entfernt. Oder er sich von ihr? Gibt es noch eine Chance?

Ist noch etwas Glut unter der Asche ihrer Liebe und kann der Wind der Veränderung die Flamme ihrer Liebe neu entflammen? Oder verweht der letzte Funken für immer und es beginnt ein neues Leben? Mit einem anderen?"

112 Seiten für 6,49 Euro

„Die Liebe ist (k)ein Ponyhof"
Die ISBN lautet: 978-3-7412-7920-1
Altersempfehlung: ab 16 Jahre

„Manchmal geht es in der Liebe zu wie in einem Ponyhof. Zwei Treffen sich und trennen sich wieder, oder sie bleiben zusammen für immer und bilden eine kleine Familie. Ramona, die Heldin dieser Geschichte, liebt ihr Pflegepferd Rodrigo über alles.

Außer ihm hat sie keine Freunde, weder auf Arbeit noch privat klappt es bei ihr.

Durch Rodrigo ist sie mit der Welt verbunden und durch den Hengst findet sie ihr Glück. Im Ponyhof und auch in der Welt."

116 Seiten für 6,49 Euro

„Griechische Küsse"
Die ISBN lautet: 978-3-7448-7274-4
Altersempfehlung: ab 16 Jahre

„War ihr ganzes bisheriges Leben eine einzige Lüge? Diese Frage stellt sich Jette, die Heldin dieser Geschichte. Nach dem Tod ihrer Mutter findet sie Hinweise darauf, dass die Geschichten, die ihr die Mutter über ihren Vater erzählt hatte, so nicht ganz stimmten.

Sie macht sich auf die Suche nach ihm und beginnt eine Reise, auf den Spuren der Mutter, in eine Zeit, in der ihr Leben einst begann. Auf Kreta stolpert sie Grigori in die Arme und es scheint so, als ob die Geschichte ihres Lebens vollkommen neu geschrieben wird. Oder doch nicht? Macht sie die Fehler ihrer Mutter ebenfalls? Wiederholt sich die Geschichte?"

116 Seiten für 6,49 Euro

Aktuelle Informationen und Neuerscheinungen finden sie immer im Internet unter:

www.Goeritz-Netz.de